小学館文庫

感染列島　映画ノベライズ版

涌井 学

JN282937

小学館文庫

目次

医療監修／森　毅彦（慶応義塾大学医学部血液内科）

PROLOGUE

one day

1

――２０１０年10月　フィリピン北部　山岳の村

少年の瞳は空虚だった。

その目は何も映さず、ただ、薄い皮膜のように涙を鏡にして、村人たちの阿鼻叫喚の様を照らし出していた。

バタバタと、シーツが風になびくような大きな音が少年に降りかかった。少年は上を向く。自然と口が開き前歯が覗いた。少年の目は回転する巨大なプロペラを捉える。数機のヘリコプターが村の空き地に向かって降りてくるところだった。

強い風圧に少年は目を細めた。見慣れた灰色の村の景色に、白いのっぺりとしたヘリコプターの機体がひどく浮き上がって見えた。砂埃を舞い上げるヘリコプターのすぐ側、濡れた土の上に、見知った顔の若者が横たえられていた。若者のまわりには純白の防護服に全身を包みこんだ異国の人間がいる。防護服の腕には真っ青な腕章があって、そこにアルファベットで「ＷＨＯ」と白く抜かれていた。

防護服の一人が若者の腕を摑んで半身を起こさせた。何でもないその動作で若者が激しく咳き込む。若者の口から赤い痰が飛んだ。若者の正面に立つ男の、白すぎる防護服の足の部分に赤い水玉が散った。防護服の男は若者の喀血を見て、それから赤い斑点のついた自分の足を見て、ゆっくりと首を横に振った。ヘリコプターの搬入口をちらりと見る。すでに搬入された村人が、簡易ベッドの上で喘いでいた。ヘリコプターの機体の陰になってその中は暗く、ベッドの上の村人の白い目だけが、少年にはギラギラと光って見えた。

今朝、村の様子がおかしいのに気づいた。いつもなら、少年が起きる時間には棚田に向かっているはずの大人たちがみな村に残っていた。母親が眉を顰めたまま家々を走り回っていた。数軒の家を回ってから、母は青ざめた顔をして少年のもとに戻り、不安そうな顔の少年に「ディアブロ（悪魔）が来た」と呟いた。「決して外に出るんじゃないよ」。そう強く言い置いて、再び外に出て行く顔が恐怖に歪んでいた。

少年は木製のドアを少しだけ開いて、母親の背中を目で追いかけてみた。

路上に何人も人が倒れていた。まるで芋虫のように、背中を波打たせながら這いつくばる人がいた。立ち上がることができないのか、民家の壁にもたれかかった姿勢のまま、いっこうに顔を上げようとしない男がいた。男の両足はだらしなく路面に投げ出されている。そのズボンが下痢に汚れていた。四つんばいになって嘔吐している村人がいた。足元に散った吐瀉物に赤い色を見つけて少年は怖くなった。母の言うように、悪魔が来たのだと思った。

ドアの向こうからは、間断なくうめき声と何かを引きずる音、それに駆け回る足音が聞こえてきた。少年は部屋の片隅で膝を抱いて、それら絶望の匂いのする音たちを聞くまいと必死に耳を塞いでいた。母親は数十分おきに家に戻って少年の安否を確認するたびに、どんどんと疲労の色を濃くしていた。少年には、母が、顔を見るたびに一つずつ老けていくようにすら思えた。

昼過ぎには、村は一転静けさを取り戻していた。母はもう家々を走り回るのを止め、部屋の真ん中で少年の頭を抱いて身じろぎもしなくなっていた。母に抱かれながら、少年は「悪魔は去ったのだろうか」と考えた。外が静かになったのは、すべてが終わったからなのだろうか。少年はやさしく母の手をほどくと、立ち上がり、ドアから村の様子をさぐってみた。

村中に、命を使い果たした人間の残骸が転がっていた。少年は、喉の奥から突如湧き上がってくる涙を呑み込みながら、村を巡るように首を回してみた。向かいの家に暮らしている叔父が、水がめに頭を突っ込むような姿勢でうなだれているのが見えた。

少年は慌てて駆け出した。ほとんど反射的に、叔父さんを助けなきゃ、と思ったからだ。駆け出した少年を見て、母が半狂乱になって叫んだ。

「だめ！　近づいてはだめ」

少年は、叔父の半身を抱え起こした。「おじさん」。そう声をかけようとしたが、少年の口は開いただけで言葉は出なかった。向き合った叔父の、目から、鼻から、口から、全身のあらゆる穴からドロリとした血液が流れ出していたからだ。少年は身震いした。悪魔を見たと思った。

おじさんが死んでしまった。

そう思い、悲しみよりも恐怖で、少年は叔父を支える腕から力を抜いた。

みんな、病気にやられてしまった。

その瞬間、死んでいると思った叔父が、体を二つに折って咳き込んだ。赤い唾液が少年の顔に降りかかる。

母が叫んでいた。少年は見開いた目を塞げずにいた。視界が赤い。

——いま、ぼくは悪魔を呑み込んだ。

少年は浅黒い自分の頰を撫でた。十月、雨季も終わりに近づいた季節、三十度に近い高湿の空気に少年の汗は蒸発せず、頬を撫でた指先はじっとりと湿った。

もはや、部屋にいることはできなかった。自分を経由して、母までこの病気になってしまうかも知れない。そう思うと、少年は家に入れなかった。

なすすべもなく路上に佇んでいるうちに、叔父が死んだ。バタバタとヘリコプターのプロペラの音が響きはじめた。もはや這いずる気力もない人間と、感染を恐れて部屋から出られない人間しか村にはいなかった。そんな、かつてないほど静かな村に、異国のヘリコプターがいくつも降りてき、そこから純白の防護服を着込んだ人間がわらわらと湧いて出た。彼らはすぐに村中に散らばると、病人を担架に載せて運んだり、振り撒かれた汚物を消毒したり、鶏を飼育している小屋に火炎放射器を向けて、鶏ごと小屋を燃やしたりした。

彼らが病気と闘い、自分たちを救おうとしていることは誰もがわかっていた。しかし、彼らの姿を見ても、村人から歓声は沸かなかった。突如村を襲ったこの大きすぎる悲劇が、もはや人間の力でなんとかなるとは誰も思えなくなっていたからだ。

少年は、救助活動を続けるWHOの職員たちを眺めてから、虚ろな目を指先に向けた。汗とは違う、もっと濃厚でドロリとした感触が指先にあったからだ。少年は、頬を撫でた自分の指先が赤く染まっていることに気付き、そして絶望した。みんなと同じだと思った。今、目の前で全身から血を噴き出し、濡れた地面の上で、土のかたまりみたいになってのた打ち回っているみんなと同じ病気。

ぼくも死ぬんだ。

少年は絶望と高熱に力を失い、その場にくずおれた。少年の足元には水溜り(みずたま)があった。昼に降ったスコールがつくった即席の鏡がしゃがみ込む少年の顔を映し出した。目鼻から出血している。少年は両手で顔を覆った。少年の膝で水しぶきが跳ね上がった。指の隙間(すきま)から細く見える視界に、二人の防護服が映った。防護服が少年に駆け寄ってくる。

一人の防護服が少年の脇に腕を挟んで少年を立ち上がらせた。もう一人が少年の顔を覗き込んで、指を振って少年の意識レベルを確認した。二人とも全身をタイベック素材でできた白い服に包んでいる。その目の部分だけが透明で、真剣な目が少年を観察する。二人の防護服が顔を見合わせた。少年を覗き込んでいたほうの防護服が首を横に振る。

二人は少年を抱えるようにして運び始めた。向かう先には真っ白なヘリコプターが搬入口を大きく開いていた。少年は防護服に運ばれながらその目を我が家に向けた。木製のドアの近くに母の姿が見えたからだ。母が大きく目を見開いて少年を見ている。

右手を伸ばして一歩、二歩とはだしのまま少年に近づこうとする。少年には聞こえない何か大きな叫び声とともに、母が少年に向かって駆け出した。その母の背後から、防護服を着たＷＨＯの職員が近づき、母を抱きとめた。狂乱する母の耳元で防護服が叫んだ。

女の声だった。

少年は英語を解さなかったが、母に「近づくな」と言っているのだと思った。そして防護服の女性に感謝した。母はまだこの病気にかかっていない。ぼくに近づいたら病気がうつってしまう。母も死んでしまう。

女の人よ、ありがとう。

少年は母親に笑顔を残してヘリコプターに搬入された。ドアの閉じる音が少年と母の間を断ち切る。

「あとはわたしたちに任せてください。あなたのお子さんを救うため、全力を尽くします」

少年の母を抱きとめながら、防護服の女性は叫んでいた。少年を追おうとする母の力は尋常ではなく、腕が引きちぎれそうに強い。

「近づいたら、あなたも病気になってしまうんですよ」

そう叫んでもまるで弛まない彼女の力は、「それでも構わない」と言っていた。防護服の女性は、やむを得ず母親の足を摑んで地面に横たえた。馬乗りになって、強く肩を押さえつけて落ち着くのを待つ。

そこに、同じく防護服を着込んだ大柄の男が近づいてきた。防護服越しに見えた表情が凍り付いていた。大声で叫ぶ声がひび割れていた。

「エイコ！」

防護服の女性は、名を呼ばれて顔を上げた。近づいてくる男を認め、歯切れのよい声で応じる。

「どうしたの？」

男のくぐもった叫び声が栄子の鼓膜を震わせた。

「まずいぞ。今朝、親戚の結婚式に行くと言って、鶏を手土産に町に向かった男がいるらしい」

栄子は立ち上がった。迷う余地はなかった。

「いますぐに見つけ出して！ ウイルスが都会へ出たら終わりよ！」

2

小さく粗末な竹細工のカゴに入れられて、鶏はバタバタと不満そうに羽を鳴らしていた。

カゴのすぐ後ろには小さな男の子がしゃがみ込み、細い棒切れを鶏のカゴにさし入れては、鶏が暴れるのを見て喜んでいた。暴れる鶏の黄色い足が、船上の埃といっしょに足元の乾いた糞（ふん）を巻き上げた。糞は埃にからみつき、風に乗って思いのほか遠くまで流れる。少年は、尻をつつかれた鶏が羽をばたつかせて暴れるのを見て笑っている。埃は舞う。少年の大きく開いた口があった。前歯の隙間が黒く染まっていた。少年が笑い声を立てた。少年の声の振動に埃が向きを変え、頰のうぶ毛に鶏の糞がからまった。暴れる鶏を見て少年は笑う。少年の笑い声に気づき、カゴの横で自分の腕を枕（まくら）に寝入っていた鶏の持ち主が、薄く目を開けて少年を睨（にら）みつけた。

男は機嫌が悪い。今朝ほど村を出るとき、村人が何人か妙な病気になって苦しんでいるのを見たからだ。めでたい婚礼の席に向かうその日の朝に、全身を黄色に染めた病人の顔を見るのは不快だった。めでたくはあるが、たいして深い付き合いもない遠い町の親戚のために、丹精こめて育てた鶏をくれてやるのも不愉快だった。男は少年を追い払うと、カゴを爪先(つまさき)で蹴(け)って鶏を怯(おび)えさせた。鶏が首を直角に折って男を向く。まるで目蓋(まぶた)がないように見える鶏の目が男を見た。男は鶏を見ながら鼻を鳴らした。自分がこれからどうなるのかもわかっていない。お前はこれから殺されて食われるのだ。男はそう思うと、足元の無知な生き物に、哀れみと蔑(さげす)みのない交ぜになった目を向けた。傍らの水筒を摑んで、米を発酵させた酒をグビリと喉に流し込んだ。

喉がひりついて、男は思わず咳き込んだ。食物の欠片(かけら)が気管に入ったときのように激しい咳き込みだった。男は腰を折って、まるで蛇腹のように大きく胸を波打たせる。男の唾液が舞う。唾液の飛沫(ひまつ)は空気と同じくらいに軽く細かくなり、ドアのない吹きさらしの船室を風に乗って漂った。

船室には人々が笑い、食事を楽しんでいる。

鶏の持ち主は、指先で手鼻をかんで、暗く淀(よど)んだ川面(かわも)にそれを捨てた。

再び鶏を見て、

哀れな生き物だ

と思った。

第1章　Phase3

Phase3：パンデミックアラート期
新しいヒト感染（複数も可）が見られるが、ヒト－ヒト感染による拡大は見られない、あるいは非常にまれに密接な接触者（例えば家族内）への感染が見られるにとどまる。
目標：ヒトに対する感染が発生しているため、新しい亜型のウイルスの迅速な同定と、追加症例の早期検知、報告、対応を確実に実施する。

1

――2011年1月3日　東京都いずみ野市　いずみ野市立病院

「あわてて食べないでくださいよ。オモチ」

松岡剛は、やさしく微笑みながら老夫婦に向かって言った。ついさっき、喉からモチを吸い出す処置を受けた夫のほうが、剛の言葉を受けて照れくさそうに笑っている。夫の代わりに老婦人がペコリと頭を下げた。照れ隠しなのか、夫が頭を掻きながら早口に言う。

「しかしね先生、モチってヤツは、噛めば噛むほどなおさら喉に詰まりそうな気がするのはわたしだけかね。噛んでるとこう、なんだか口の中で念入りに搗きなおしてるみたいな気がしてきてね、不安になって、よく噛まずにすぐ呑み込みたくなってしまうんだね」

「ははぁ。なるほどね」

「それにね、ゆっくり食ったんじゃ旨くないでしょう？　うちの雑煮は柚子コショウを入れるんだけど、先生のところはどうだい？　柚子コショウを入れるとね、味がキュッと引き締まって旨いんだ。こいつを食ってるとね、ああ、正月だなぁ、無事新年が迎えられて良かったなぁってありがたくなっちまってね、思わず……」

「あなた！」

老婦人に急かされて、老夫は慌てて処置室を出て行った。「まったく。あなたはすぐ調子に乗るんだから。長話なんかしちゃ先生にご迷惑じゃないの」。老夫婦の会話がドア越しにもれ聞こえて、剛は思わず頬を緩めた。二つの足音が歩調を合わせて遠ざかってゆく。

正月だというのに、市立病院にはひっきりなしに患者がやってくる。救命救急医という仕事柄、まとまった休みが取れないのは覚悟の上だが、三が日までこう忙しいのではたまったものではない。毎年、「今年こそは長期休暇を取って海外にでもバカンスに行こう」と抱負代わりに思いはするが、臨床研修を終えて、救急医として働きだしてから五年、その思いはいまだ努力目標の域を出ずにいる。それでもこうして白衣を着続けているんだから、結局ぼくはこの仕事が好きなんだよな、と、聴診器を首にかけなおしながら剛は思う。助けられる人は助けたいものな。さっきみたいに感謝されるのはやっぱり嬉しいし。

ちらりと壁の時計を眺め、椅子の背もたれを軋ませながら伸びをしようとした瞬間、処置室のドアが乱暴に開いて、患者を載せたストレッチャーが飛び込んできた。頭部を血に染めた患者が載せられている。

「緊急止血！」

ストレッチャーを先導していた安藤一馬医師の鋭い声が響いた。二人の看護師とタイミングを合わせて患者を持ち上げ、掛け声とともにストレッチャーからベッドに移す。

「血算・生化・血型にクロスマッチ。モニターも。それからCTに連絡して」

患者の瞳孔径を調べながら安藤が言った。指示を受けて、看護師の三田多佳子が検査機器に向かい走る。安藤は患者に呼びかけるが患者の反応はにぶい。剛は安藤に近づいて言った。

「安藤先生、手伝いますよ」

剛がそう言うと、安藤は太い眉を持ち上げて剛を一瞥した。丸い眼が剛を見つめる。

「ありがたいが、今欲しいのは外科医だ」

「止血くらいできますよ」

そう言う剛にニヤリと笑いかける。振り返り、手の空いている看護師に向かって言った。

「君、脳神経外科医をすぐ呼んでくれ」

看護師は「はい」と機敏に応答し、内線電話に飛びついた。剛は呆れたように肩をすくめてみせた。剛の先輩にあたる安藤はどこか飄々としたところがあり、いつだってマイペースに事を運ぶ。仕事熱心であるし、その憎めない人柄を尊敬してはいるが、いつまでも剛を半人前扱いしている気があってそこだけが唯一の不満だ。

処置室脇の診察室の扉が開き、看護師の鈴木蘭子が顔を出した。

「松岡先生、発熱の患者さんです。お願いします」

「あ、はい。今行きます」

鈴木蘭子からカルテを受け取り、それを眺めながら剛は診察室に体を向けた。患者の頭部を圧迫止血している安藤が場違いな言葉で剛を引きとめる。

「松岡、今夜は家族サービスの予定なんだ。後は頼んだからな」

「うわ、何ですかそれ」

「患者だけじゃなく、たまには家族にもサービスしてやらんとな。あんまり仕事ばかりしていちゃ、今に娘に、『パパ、今日は家に来るの?』とか聞かれちまう」

剛は小さく笑みをこぼす。

「いいなぁ、自分だけ」

安藤がニヤリと笑っている。剛が微笑むのを認めると、すぐに真剣な表情になって患者に向き直った。

「グリセロール200を二時間で」

安藤の声を背中に聞きながら、剛は診察室に続くドアをくぐった。処置室の喧騒が嘘のように診察室は静かで落ち着いている。診察用の椅子に顔色の悪い男が腰掛けているのが見えた。看護師の鈴木蘭子が目で患者を示す。患者の隣には心配そうな顔をした女性が立っていた。

「真鍋秀俊さんですね。今日はどうしました?」

カルテをめくる剛の問いかけに、男はゆっくりと顔を上げた。短い前髪の下で、人の好さそうな細面にびっしりと汗を浮かべている。聴診器を当ててみると呼吸時にやや雑音が混じって聞こえた。

「熱も少しありますね。一応、インフルエンザを調べましょう」

看護師の鈴木蘭子がインフルエンザの簡易キットを運んできた。剛は専用綿棒で秀俊の鼻腔拭い液を採取してから、秀俊の隣の心配そうな表情の女性に向かって微笑んだ。

「ええと、あなたは……」

　簡易キットを片付けていた鈴木蘭子が明るい声で答えた。「この間結婚なさったばかりだそうですよ。奥様の真鍋麻美さん」

　真鍋麻美が顔を上げた。あどけなく見えるほど無垢な顔をした女性だった。真鍋麻美は小さく頭を下げると、剛にはやや大袈裟に見えるほど切羽詰まった調子で問いかけてきた。身を乗り出すようにして言う。

「先生、ヒデちゃん、大丈夫ですよね。治りますよね」

「大丈夫ですよ」

　その慌てぶりが微笑ましくて、剛は麻美を安心させるつもりでそう答えた。真鍋麻美の頬にパアと紅が差す。

「心配いりませんよ。二、三日安静にしていればよくなります。風邪は寝るのがいちばんの薬だ」

　額に汗を浮かべたまま、真鍋秀俊が顔を上げて笑みを見せた。安心したのか麻美の表情も明るい。

「それより奥さんが心配です。インフルエンザじゃあないようですけど、念のため、今日はあんまりくっついていちゃダメですよ」

剛の軽口に、真鍋麻美は耳まで赤くなった。

マンションに帰るのはいつだって夜中に近い時間だ。

剛はソファにカバンを放り投げると、部屋中を見渡して深いため息をついた。ダンボールからはみ出している服の山、乱雑に積み重なった本の束、テーブルの上には今朝部屋を出るときに片付け忘れたマグカップが朝と変わらずそこにある。

本当なら大晦日には終えるはずだった大掃除が、一月三日の今日になっても折り返し地点にすら達しない。もう一度部屋を見回して剛は軽く笑った。乱雑すぎる部屋を見て、一日の疲れが急に二倍になった気分だ。

「もういいか。年越しちゃったし」

自分に言い訳しながらソファに体を投げ出した。上着の端がテーブルに触れて、うずたかく積まれた本や書類が雪崩れを起こす。剛は思わず舌を鳴らした。頭を掻きながら立ち上がり、床中に散らばった本と書類の束を乱暴に集めていく。

ふと、剛の手が止まった。拾おうとした本の後ろに一枚の写真が隠れていた。

「……栄子？」

写真を取り上げて眺めた。まだ医学生だったころの剛の隣で、年上の清楚な印象の女性が目をつむっている。女性は剛の肩に頭を預けて、安心しきった表情で眠っている。木漏れ日が、学生だった剛と、かつて恋人だった小林栄子の二人をやさしく照らし出している。

最初は憧れだった。医学部生だった自分と、医学部専門課程の助手を務めていた栄子。小林栄子はいつも、どんなときでも凛然としていた。研修や臨床実習で顔を合わすたびに、初々しい医学生だった剛のなかで、栄子に対する憧れが強くなっていった。はじめに声をかけたのは剛のほうだ。憧れがいつしか恋慕の情に変わっていた。

「小林先生、実習のあと、お時間いただけませんか」

大学構内の廊下でそう声をかけた。喉がからからに渇いていた。

「あなた……、医学部生の、たしか……」

「剛です。松岡剛」

栄子が微笑んだ。その笑みが、大勢の学生に対してではなく自分に対して向けられたこと、それだけで胸がいっぱいになるような幸せを感じた。

二人が交際をはじめるまで時間はかからなかった。

この写真を撮ったのは交際をはじめてすぐのころだ。キャンパスの中庭のベンチで、うたた寝する栄子を見つけたのだ。いたずら心が湧いて、気づかれないように隣に腰掛けて、携帯電話で写真を撮った。シャッターの音で、目を覚ました栄子が、うっすらと目を開いて剛を見た。

そして、春の陽光によく似合う、幸せそうな笑みを浮かべたのだ。

剛はしばらく写真を眺めていた。

やがて剛は写真を壁際のラックに置くと、大きく伸びをしながら寝室に向かった。

「あーあ」

声に出して呟く。

感傷になど浸っている暇はない。明日もまた、自分を頼りに患者がやってくるのだ。変わらぬ日常が、またやってくるのだから。

2

――2011年1月3日　東京都渋谷区

「ねえ」

109を回って、ファーストフードで軽い昼食を済ませたあと、スクランブル交差点に近づいたときに、神倉茜（かみくらあかね）が急に身を乗り出してきた。茜の愛らしい顔が目の前に迫って、本橋研一（もとはしけんいち）は驚いて立ち止まった。神倉茜は研一を見てニヤニヤと笑っている。ほんとうに嬉しそうに、両手を背中に組んでブラブラ揺らしながら研一の顔を眺めている。

「今度さ、遊園地行こうよ。ドリームワールド。卒業までにいっぱい思い出つくらなきゃ」

屈託のない笑顔を間近に見て、研一は少しだけ頬を赤らめた。神倉茜は研一の幼なじみだ。幼いころは良い遊び相手で、小学校の高学年に上がったころに少しだけ距離を置いた時期もあったが、中学生になってからはどちらからともなく近づいて、いつの間にか恋人というくくりに落ち着いた。神倉茜の笑顔を研一は眩（まぶ）しく見る。会話するだけでこんなに幸せな気持ちになれるのに、こうして面と向かうとどうしても素直な言葉が出てこない。

「いいよ。面倒くさい」

「嫌なの？」

「嫌じゃないけど……」

「じゃあ約束しよう」

「え？　……ああ」

「生返事」

茜が頬を膨らませて研一を睨みつける。研一はあえて目を逸らしてぶっきらぼうに言った。

「だって、寒いし」

「卒業までもうあんまり時間ないんだよ。急がなきゃ」

「あのさ、神倉」

茜の大きな瞳がくるりと研一に向く。

「別にさ、違う高校に行ったからって会えなくなるわけじゃないんだぜ」

研一の言葉を受けて、茜は少しだけ俯いてみせた。下唇を軽く噛んで窺うような目で研一を見上げる。

「うん。そうなんだけどさ……」

少しだけ気まずい空気が流れた。正月のせいだろうか、普段と比べて格段に人通りの少ないスクランブル交差点を、二人は無言のまま渡った。茜は研一の半歩後ろをついてくる。横断歩道の終わりといっしょに茜が明るい声をあげた。

「ねえ」

研一が振り返ると茜は笑っている。

「いつ行く？」

研一は呆れたように肩をすくめた。笑って言う。「ばーか」

「ばかでいいもん。約束だよ。研ちゃん、約束したからね」

笑う茜の背後に、広告看板に挟まれた巨大なスクリーンが見えた。研一は笑顔の余韻を残したまま何気なく画面に目をやる。無音の映像にテロップが流れていた。

全身を青色の防護服に包んだ大勢の人間が画面中に散らばっている。ヘリコプターからの俯瞰の映像らしいそれは、見覚えのあるスレートの屋根をいくつも映し出していた。灰色に近い画面の下部に、黄色の毒々しいテロップが流れた。研一の目はそれを追う。

〈東京都いずみ野市の養鶏場で鶏の大量死。鳥インフルエンザの疑いか――〉

「神倉」

突如表情を引き締めた研一に気づき、茜も振り返って画面を見上げた。防護服の人々が鶏舎に向かって何かの液体を散布している光景が茜の目に飛び込んできた。避難訓練で見たことのある、まるで消防車の放水のように、太いパイプが白濁した液体を勢いよく鶏舎に振り撒いている。画面が切り替わった。防護服を着た人々が、両手に一羽ずつ鶏をぶら下げて歩いてくる。足をつかまれ逆さになった鶏はピクリとも動かない。目に痛い青さのポリバケツがいくつも並び、防護服の手によって、死んだ鶏がそのポリバケツに次々と放り込まれた。再び画面が切り替わる。白衣を着た研究者らしき人物がしたり顔で何かコメントをはじめる。

「いずみ野市の養鶏場って、神倉、お前の……」

茜の顔は蒼白（そうはく）だった。瞬きを忘れて画面に見入っている。

「家に電話してみる」

茜は慌てて携帯電話を取り出すと、耳にそれを当てた。身を切るような寒さの中、見る間に茜の額に汗が浮かんでくる。

「……神倉？」

「……出ない」

携帯電話を握り締める茜の体が硬直していた。研一の喉がゴクリと鳴る。

「帰る。あたし、帰るね」

言うなり駆け出そうとする茜の手を研一は慌てて摑（つか）んだ。

「いっしょに行こう」

茜の手は寒さ以外の何かにブルブルと震えていた。

3

――2011年1月4日　09：13　東京都いずみ野市　いずみ野市立病院

待合室のテレビ画面には、殺処分される鶏たちの様子が繰り返し映されていた。長椅子に腰掛け、松葉杖（まつばづえ）を抱えるようにしている患者の一人がテレビ画面を眺めながら呟く。

「怖（こ）ぇえなあ。鳥インフルエンザだってよ。ここのすぐ近くじゃねえか」

剛は急ぎ足で待合室を通り抜けた。剛の隣には看護師長の池畑実和（いけはたみわ）がいる。池畑実和が、処置室に急ぐ剛の背中に短く状況を告げる。

「安藤先生がおっしゃるには、新型インフルエンザの疑いがあると」

「新型インフルエンザ？　まさか」

剛と池畑実和は、二人同時に処置室前の前室に飛び込むと、無言のままマスクとゴーグルを身に着けた。安藤の診断を疑うつもりなど微塵（みじん）もないが、剛はその診断を信じられない思いでいた。昨日診察したばかりのあの患者が新型インフルエンザ？　インフルエンザの簡易キットは陰性を示していた。少なくとも昨日まで、彼はインフルエンザなどに罹患してはいなかったはずだ。

処置室に入ると、そこには凄惨な光景が広がっていた。救急救命医として、剛はかつて何度も無残に損壊した体や潰れた組織などを見てきた。手足の切断に立ち会ったこともある。その剛をして目を塞がせしむるほど、真鍋秀俊の症状は痛ましかった。昨日は体調こそ悪そうだったものの、柔和な笑みを見せていたその顔が黄色く染まっている。薄く、人の好さそうな微笑をたたえていた唇は半透明の酸素マスクに隠されていた。感染防御用に感染研（感染症予防研究所）が推奨しているN95マスクをつけた安藤が、痙攣する秀俊の体を必死の形相でベッドに押し付けている。看護師の柏村杏子が、色を失いながらも気丈に安藤の補佐に当たっていた。

剛は安藤のもとに駆け寄った。間近に見ると秀俊は目鼻から出血している。充血し白い部分を失った目が見開かれ、そこから滲み出すように赤い液体が溢れていた。柏村看護師がマスクの下で唇を嚙んで、秀俊の目鼻からの出血をガーゼで拭い取っていた。拭う傍から新しい血が噴き出す。

「ぼくが診た患者です。昨日のインフルエンザ検査は陰性でした」

跳ね上がる秀俊の肩を押さえつけながら、剛は叫ぶようにして言った。安藤が息を弾ませながら呼吸の合間に短く言う。

「キットは今日も陰性だ」

「え？」

「キットの判断は参考に過ぎない。お前はそっちを頼む。夫から感染したらしい」

安藤の視線を追った。数メートルの距離を置いたベッドに、秀俊の妻である真鍋麻美が横たわっていた。

「麻美さんまで」

ほんの十数時間前、恥らうようなはにかみを見せていた女性が、今は天井に向かって絶え絶えの息をついている。その顔に秀俊と同じ黄疸の兆候が見えた。剛は一瞬だけたじろいだ。

「早く行け！」

安藤に一喝されて、剛は麻美のベッドに向かった。背中で柏村看護師の報告の声が聞こえる。

「クレアチニン８・２。腎機能低下しています」

「黄疸がひどいな。総ビリルビンは？」

「20・４です」

麻美の症状は秀俊のそれよりは軽いようだった。意識こそ朦朧としているが、目鼻からの出血も見られず痙攣の症状も見られない。剛は麻美のバイタルサインを確認して様子を見ることにした。池畑実和が剛の指示を受けて麻美の脈を見ている。

「また痙攣です！」

柏村看護師の悲鳴のような声が響いた。続いてガツンというベッドの足が床を打つ音。安藤の声がそれに被さる。

「呼吸器が外れた！　再装着する。押さえつけろ！」

振り返った剛の目に、安藤が秀俊に馬乗りになって、呼吸器を再装着しようとしている姿が映った。秀俊の体は上下にバウンドするように激しく痙攣している。安藤の手が秀俊の顔に近づいた瞬間、秀俊の右腕が唐突に跳ね上がった。その腕が、覆いかぶさるような体勢にあった安藤のゴーグルを弾き飛ばす。剛には、安藤医師の見開かれた目がはっきりと見えた。ずれてしまったゴーグルを直そうとしている。秀俊の体がベッドに沈み込んだ。次の瞬間、肉と骨の軋みとともに秀俊の腰が二つに折れ、その口から猛烈な勢いで血の息が吹き出された。剛の目には、その光景がスローモーションに見えた。秀俊の口が鮮血を吹く。安藤のマスクに、頬に、見開かれた瞳に秀俊の赤がほとばしる。

「安藤先生！」

柏村看護師が慌てて殺菌布で安藤の顔を拭おうとした。それを手で制して、安藤は自らの手で顔を拭う。手の中の殺菌布が見る間に赤く染まる。

「松岡、人工呼吸器を頼む」

ゴーグルをつけなおした安藤が、秀俊の出血をガーゼで清めながら剛に向かって言った。剛は麻美の様子を確認すると、安藤に代わって秀俊に呼吸器を取り付けた。心電図モニターを見る。

「血中酸素濃度がひどく低下しています」

「ああ」

汚物入れにガーゼを投げ入れて、安藤が吐き捨てるように言った。

「高熱、肺炎、鼻血や喀血、下痢と下血、全身感染といえる多臓器不全。全部、新型インフルエンザで想定された症状だ」

剛は秀俊の顔から目を離せずにいた。確信に満ちた安藤の声が処置室に響く。

「朝のニュース、見たか」

剛の脳裏に待合室のテレビ画面が浮かんだ。松葉杖の患者が呟いていた。

「近くの養鶏場で鳥インフルエンザが見つかっている」

4

――2011年1月4日　13：03　東京都いずみ野市　いずみ野市立病院

「何でこんなことに……」

院内感染対策主任の高山良三は、急ぎ足で廊下を歩きながら、舌打ちを堪えるのに必死だった。着け慣れないゴーグルとマスクが肌を擦るのも不快だ。この防護服もビニールを身にまとっているようで気持ちが悪い。主任なんて肩書きは立派だが、要するに面倒を抱え込む係に過ぎないじゃないか。〝院内感染〟なんて言葉が流行り出して、その対策主任が必要だということになって、主任の肩書きと引き換えにその荷物を背負い込むはめになった。何も起こらなければ、せめて自分が病院長補佐になるはずの来年度まで何も起こらなければ、こんな面倒に巻き込まれずに済んだのに。高山の歩みは荒々しい。

「接触者全員、すぐにタミフルを飲むこと！　それから例の患者が足を踏み入れた場所はすべて消毒。待合室もだ！　例の患者をＩＣＵに搬送することになる。ＩＣＵの患者を運び出せ。今すぐだ」

高山の指示を受けてスタッフが走り回る。高山はいらだたしげに舌打ちする。

「発熱などの症状が見られたスタッフはすぐに私に報告しろ」

言いながら廊下を折れ、レジデント室に向かう。院内感染を防ぐため、処置室や処置室と直結している各部屋には、すでにビニールカーテンによる外気との遮断措置が取られている。高山はビニールの壁を縦に割ってレジデント室に踏み込んだ。部屋に入ると同時にマスクを剥ぎ取って深く息をつく。

息苦しい。

「何てこった……」

高山の呟く声は小さい。

「輸血！　輸血だよ早くしろ！　ポンピングでやれ。間に合わなくなるぞ！」

安藤が叫ぶ。看護師長の池畑実和が額に汗を浮かべながら、輸血用のパックを繰り返し注射器で急速注入する。チューブの先端は秀俊の腕につながっている。秀俊の腕がブルブルと震えている。秀俊の出血は止まない。目から鼻から、まるで輸血した血液がそのまま流れ出るかのように途切れることなく流れている。

剛は痙攣が続く秀俊の体を必死に押さえつけていた。病原体のはっきりしない時点では対症療法を取るよりほかなく、日向(ひなた)の雪塊のように全身の組織を溶かしていく患者を前にして剛は歯嚙みしていた。

「ヒデちゃん……？」

数メートル離れたベッドから呟く声が聞こえた。秀俊の体を押さえつけながら、剛は振り返って声の主を捉(とら)えた。真鍋麻美が意識を取り戻していた。ベッドの上で目を見開いて、断末魔に足搔(あが)く夫を凝視している。

安藤が内線電話に向かい叫んでいた。

「ICUの患者の搬送が終わったら連絡しろ。すぐそっちに移す」

「ヒデちゃん……、ヒデちゃん……、死んじゃいやだ。死んじゃいやだよ」

麻美の声は、かすれながらも剛の耳にはっきりと聞こえた。剛は麻美の顔を見られなかった。こんな状況になるとわかっていれば、秀俊と麻美を同室に収めるべきではなかった。今更ながらそう思った。いまや秀俊は見るに堪えない姿だ。体中の穴という穴すべてから粘性の強い血液が溢れ出し、それを拭った深紅のガーゼがベッドの脇に山積みになっている。視界の端に、ベッドから起き上がろうとする麻美が見て取れた。看護師長の池畑実和が麻美に駆け寄り、肩を押さえてベッドに戻す。麻美が叫んでいる。充血した目をいっぱいに開いて、腕を突き出してこちらに向かって叫んでいる。ゴーグル越しの狭められた視界には、その光景がまるで映画のように見えた。昨日微笑み合っていた仲の良い夫婦が、今日こんな悲劇に見舞われようと誰が思おうか。

　ともすれば現実感を失いそうになる自分に喝を入れて、剛は秀俊のバイタルサインを確認した。明らかに頻脈だ。

「出血によるショック状態だ」

「リンゲルを？」

　実和がすばやく返答する。

「いや、輸血で行こう」

　剛の声に重ねるように、安藤が怒りを含んで言った。「ＩＣＵはまだ空かないのか？」

　処置室のドアが開く。

「あの……、みなさんタミフルを飲んでおくようにと、高山先生が……」

　処置室に入ってきたのは、今年度配属になったばかりの小森幹夫（こもりみきお）という研修医だった。抱えているタミフルの入った小箱から視線を上げ、修羅場を演じている剛や安藤に気づいて息を呑（の）む。

「そこの眼鏡、何ぼーっとしてんだ！　マスクとゴーグル！　感染するぞ！」

立ちすくむ小森に向かって安藤が叫んだ。打たれたように小森が体を震わせる。きょろきょろと辺りを見回して、慌ててマスクとゴーグルを装着した。

「あの……」

「来い！　手伝え研修医！」

安藤が再び叫んだ。小森がワタワタと空回りしそうに足を動かして駆け寄ってくる。剛の隣に並び、ちらりと剛に目をやった。剛はその顔を見て思う。ずいぶんと若い。白衣を脱いで町で会ったら学生と勘違いしそうだ。

「な、内科研修医の小森です。よろしくお願いします」

「肩を押さえろ。このままじゃ輸血針を弾いちまう」

安藤の指示に小森が怯(おび)えた目を向けた。秀俊をちらりと見、それから泣き出しそうな顔になって剛を見る。剛は強い視線で小森を見つめ返した。

「早く！」

剛の叱咤(しった)に小森がビクリと震えた。

「患者は真鍋秀俊三十歳、病原ははっきりしないが新型インフルエンザの感染が疑われる」

「え？」

「昨日正午ごろ発症、それから二十五時間でこの状態だ。これからＩＣＵに運び治療を続ける。研修医、状況は把握したな？」

小森の目が不安に揺れた。血に濡(ぬ)れた秀俊の顔を見てぐっと喉を鳴らす。再び剛に向き直り、不安そうに剛の顔を見つめた。剛は額に汗を浮かべて懸命に秀俊の治療を続けている。その動作には微塵の躊躇(ためら)いもない。

「……わかりました」

小森の返事を聞いて、剛は短く、「よし」と応じた。真鍋麻美の懇願する声が細く響く。

「助けてください……、お願いします。お願い」

その声は細く部屋の空気に消え入りそうであるのに、剛たちの心に鋭く突き刺さった。自らも感染しているのに、ただひたすらに夫の身だけを案じている。

剛は唇を噛み、全身全霊をかけて処置を続けた。麻美の願いに応(こた)えたい。強くそう思うのに、肯(うなず)くことすらできない自分が歯がゆくて仕方がない。

絶望の滲む空気の中、剛はただ治療を続けることしかできずにいた。

5

——２０１１年１月５日　早朝　東京都いずみ野市　いずみ野市立病院

剛はうなだれたまま処置室のドアを開けた。カラリという軽い音が今の気持ちにはそぐわず、随分と場違いなものに感じた。殺風景な白一色の室内。数人の看護師が忙しそうに走り回っている。

処置室の奥、壁際のベッドに女性が横たわっていた。まっすぐに天井を見つめているように見えた。剛はゆっくりとそのベッドに近づき、傍らに立った。見下ろす。

真鍋麻美は目を覚ましていた。

「……先生」

「様子を見にきました。具合はどうですか」

剛はほとんど無表情のままにそう言った。たとえ愛想にせよ、笑顔を浮かべる余裕などなかった。真鍋麻美を直視することができない。

「あの、ヒデちゃんは、ヒデちゃんの具合はどうなんですか」

麻美の切実な訴えに、覚悟といっしょに唾を飲み込んで、剛は彼女の目を見つめ返した。麻美の目は揺らがずに剛の視線を受け止める。

「残念ですが……、先ほど亡くなられました」

麻美の目が見開かれた。

「――嘘」

剛は深々と頭を下げた。その心中には葛藤が渦巻いている。

――真鍋秀俊を死なせたのは、結局のところ、ぼくなのではないか。

真鍋秀俊の顔が脳裏に浮かぶ。

ＩＣＵに移送した時点で状況は絶望的だった。

「エピネフリン1ミリ静注、急げ！」

真鍋秀俊を搬入し、呼吸器その他の設置を終えた時点でバイタルサインはほぼ消失していた。

「安藤先生、心停止です」

「心臓マッサージ！　下がって！」

電気刺激も、強心剤の投与も無意味だった。秀俊の心拍は回復せず、心電図モニターはどこまでも平坦な直線を描く。脈と同時に鳴っていた機械音が途切れ、ＩＣＵは医療スタッフたちの呼吸音しかしない無音の空間になった。

剛は秀俊に心臓マッサージを続けた。無我夢中だった。

「もういい」

安藤の言葉にも剛は心マッサージの手を止めようとしなかった。マッサージを続ける両手は、秀俊のぬくもりが消えかけているのに気づいていた。それでも止めることはできなかった。

「三十分経った。もういい。無駄だ。やめろ」

すべての音を失ったＩＣＵに、剛の吐く呼吸の音だけが荒々しく響く。安藤が剛の腕を取ってマッサージをやめさせた。汗をほとばしらせ振り向く剛に首を横に振って見せる。

「もうあきらめろ」

看護師長の池畑実和がじっと剛を見つめている。

「午前三時二八分、死亡確認だ」

安藤の声が響いた。

「――死んだ？」

信じられない思いだった。

何もかもが唐突すぎた。昨日の真鍋秀俊は、妻の麻美といっしょに笑顔を見せていた。ぼくが言った冗談に頬を緩めたりもしていた。その真鍋が死んだ？　ぼくは麻美さんに「大丈夫だ」と言った。「安静にしていれば治る」と告げた。真鍋麻美は嬉しそうだった。診断したのはぼくだ。

剛は天を仰いだ。見慣れているはずのＩＣＵの天井がひどく無機質な、非人間的なものに見えた。安藤の息が、マラソンでも終えたばかりのように短く速い。剛も同じだった。白衣の袖(そで)で額の汗を拭おうとし、その袖に秀俊の血液を見つけて剛は動きを止めた。目だけを動かして、生き物から物体になってしまった秀俊の体を見下ろす。拭っても拭っても絶えず溢れ、剛や安藤が必死の思いで止血しても止まることのなかった出血が、命の終焉(しゅうえん)と同時にあっけなく止まった。

何という皮肉だ。なんという命のはかなさだ。

「先生、安静にしていれば治るって言ったでしょ」

剛は我に返った。真鍋麻美の強い目が剛を射抜いていた。

「大丈夫だって言ったでしょ。ねえ」

剛はただ頭を下げるよりなかった。麻美の目はどこまでも深く暗く、剛の全身をその視線で締め付けた。

ドアを開け、病室を出る剛の背中に麻美の呟きが聞こえた。

深く、心の壁を突き抜けて、その言葉が剛を撃つ。

「人殺し」

第2章　Phase4・5

Phase4：パンデミックアラート期
限定されたヒト－ヒト感染の小さな集団（クラスター）が見られるが、拡散は非常に限定されており、ウイルスがヒトに対して十分に適合していないことが示唆されている。
目標：ワクチン開発を含めた、準備した事前対策を導入する時間を稼ぐため、新型ウイルスを限られた発生地域内に封じ込めを行う。あるいは、拡散を遅らせる。
Phase5：パンデミックアラート期
より大きな（一つあるいは複数の）集団（クラスター）が見られるが、ヒト－ヒト感染は依然限定的で、ウイルスはヒトへの適合を高めているが、まだ完全に感染伝播力を獲得していない（著しいパンデミックリスクを有していない）と考えられる。
目標：可能であるならパンデミックを回避し、パンデミック対応策を実施する時間を稼ぐため、新型ウイルスの封じ込めを行う。あるいは、拡散を遅らせるための努力を最大限行う。

1

——2011年1月5日　09：15　東京都　武蔵秋山駅

駅員は眩暈を覚えた。昨日からの夜勤が応えているのか、構内を清掃するためのホウキと塵取りですらずっしりと重く感じた。駅員はふらふらと体を揺らしながらホームを歩く。出勤のピーク時間は過ぎているが、ホームに人は多い。危うい足取りの駅員を、電車を待つ乗客たちが不審げに見ている。

駅員が膝から崩れるようにホームに倒れこんだ。手から放れたホウキと塵取りがコンクリを打つ軽い音が響く。乗客の間から短い悲鳴が起こった。

駅員の近くにいた学生らしい男が駆け寄る。「大丈夫ですか」。駅員に声をかけようとしゃがみ込み、その背中に手を伸ばしたところで学生の腕が止まった。駅員がうつ伏せに倒れたまま痙攣を始める。学生は腕を伸ばしかけた姿勢のまま硬直した。乗客たちから短い悲鳴が連続してあがる。

「どきなさい」

学生を押しのけて、スーツ姿の中年男性が駅員を抱き起こした。男性は腕のなかに駅員を抱えて「う」と息を漏らした。ゆっくりと仰向けに駅員をホームに横たえる。ガクガクと全身を震わせている。その目鼻からは、赤い血液がドロリと流れ出し、灰色のホームを黒く染めた。

――2011年1月5日　11：04　宮城県仙台市

若者は気分が優れない。正月休みを東京で過ごし、仙台駅から自宅に戻る途中の乗り合いバスの車中で、若者は悪心を堪えるのに必死だった。車には強いつもりだったのに車酔いだろうか。体の奥底から何か熱い物がこみ上げてきてその度に何度も吐きそうになる。

バスのタイヤが路面の小さな凹凸に乗り上げて、その振動が若者の吐き気を刺激した。喉の奥からこみ上げる液体が制止できない。若者は席を立つと、運転席に向かって歩き出した。車内に乗客は数人。ほとんどが老人ばかりだ。運転手に頼んでバスを止めてもらうつもりだった。人に迷惑はかけたくない。

歩き出した若者の足がもつれた。咄嗟に伸ばした腕はつり革を素通りし、若者はそのまま通路に倒れこんだ。同時に吐瀉物が溢れる。若者の意思とは無関係に全身が震えだした。若者は自分の吐き出した汚物を見て朦朧と思う。その色が不思議だった。

――赤い。

若者は、それきり意識を失った。

――２０１１年１月５日　東京都いずみ野市　いずみ野市立病院

「院内感染者が出ました！」

処置室に駆け込んできたのは看護師の三田多佳子だった。真鍋麻美の容態を診ていた剛は驚きとともに振り返った。ストレッチャーに載せられてスタッフの一人が運ばれてくる。ストレッチャーといっしょに併走しながら、剛は三田多佳子に尋ねた。

「状態は？」

「体温38・6度。咳、血痰も見られます。真鍋秀俊さんと同じ症状です」

「わかった。行くぞ」

三田多佳子と息を合わせて患者をストレッチャーからベッドに移した。ベッドに横たえられた患者が苦しそうに息を漏らす。

「安藤先生！　院内感染者が……」

叫びかけた剛はそこで息を呑んだ。補佐を願おうと思った安藤医師が丸椅子に座ってうなだれている。まるで萎れかけた百合の花のように力なく肩をすぼめている。研修医の小森が安藤のもとに近づき、おそるおそるという感じに肩に触れ、声をかけた。

「安藤先生？」

そのまま安藤は横倒しにくずおれた。小森の叫び声が響き渡る。「安藤先生！」

剛は目を見開いて唇を戦慄かせた。

院内感染が広がる。

2

——2011年1月6日　09：10　内閣官房　関係省庁連絡会議

いずみ野市立病院から「新型感染症発生の疑い」の報を受け、召集された連絡会議の席には厚生労働大臣、田嶋晶夫をはじめとして、その秘書官、感染症課長である水内雅治、ならびに感染症情報管理室の古河克也らが列席していた。厚生省疾病対策課の職員の顔も見える。

誰の表情も硬く口は重い。

明かりのしぼられた室内で、楕円形のテーブルに陰になった顔が浮かぶ。厚生労働大臣、田嶋晶夫が重い口を開いた。

「それで、そのビデオと新型感染症とがどう関係してくるのかね」

古河は無言でモニターを明るくした。昨年、フィリピンで起こった、新型インフルエンザの惨禍に見舞われた村の映像が映し出される。

「昨年十月、フィリピンの村で、村人三十二人が死亡する鳥インフルエンザの流行がありました」

全身を血に染め、いたるところに人が倒れている地獄のような村で、WHOの腕章を付けた防護服の人々が救助活動に当たっている。撮影しているカメラはハンディらしくずいぶんとブレがひどい。そのカメラが急に民家を向いた。出血で衣服を真っ赤に染めた少年が、防護服の職員に抱きかかえられて虚ろな目をこちらに向ける。

「このときはWHOによる封じ込めが成功し、ウイルスの流出は防がれました」

田嶋が無言で肯いた。画面上で鶏小屋が燃える。竹の爆ぜる音まで聞こえる。

「何とかエピデミック（集団感染）のうちに治めることができました。しかし、今、我が国で起こりつつあるものは違います。エピデミックには収まらない。おそらくアウト・ブレイク、いや、誤解を恐れずに言うのなら、今我々が直面している危機は、パンデミックに当たるでしょう」

「パンデミック……」

「そう。感染爆発です」

田嶋の呟きを受けて、古河は一言一言を噛みしめるようにして言った。

「多国間に渡る大規模感染です。すでに、国内でも十数か所で感染例の報告が見られています」

唸り声だけが室内に響いた。

「いまご覧いただいた映像が、おそらく新型インフルエンザ発症の瞬間を捉えたものだと考えられます。フィリピンの村で三十二人が鳥インフルエンザで死亡した折に、ウイルスにヒトからヒトへの感染変異が起こりました」

「どういうことかね」

古河はモニター脇のホワイトボードにペンを走らせる。丸で囲まれた『鳥』と『人』という文字が並んだ。

「かつてより人類を脅かし続けてきた新型インフルエンザは、すべて鳥インフルエンザが源であると考えられています。1918年、アメリカで発生したといわれる『スペイン風邪』、世界中で四千万人が犠牲になったといわれる史上最悪のパンデミックも、もとをたどれば鶏をはじめとする鳥類のインフルエンザウイルスが、我々人間に感染するように変異したことが原因です」

古河の説明を水内が補った。

「現在、パンデミックにつながる可能性がもっとも高いと考えられているのが、H5N1型のインフルエンザウイルスです。H5N1ウイルスは、従来のインフルエンザウイルスとは異なり、呼吸器の表層だけではなく、血液を介して全身に感染し、多臓器不全を引き起こします」

「うむ」田嶋が唸った。

「本来、H5N1型のような鳥インフルエンザウイルスは人には感染しにくい性質を持っています。しかし、インフルエンザウイルスに代表されるRNAウイルスは非常に変異を起こしやすい。その確率は、人の突然変異の千倍ともいわれています。さらに、インフルエンザウイルスは非常に増殖力が強く、たった一つのウイルスが一日で百万倍にまで増殖します。つまり、突然変異を起こす可能性も飛躍的に高まるわけです」

「突然変異を起こすとどうなるのだね。毒性が変化するのか」

「いえ、インフルエンザウイルスが感染対象を選択するための遺伝子は、毒性の強弱を決定する遺伝子とは別の部位に存在するため、強毒性という鳥インフルエンザの性質そのものは変化しないと考えられます。むしろ問題となるのは、いままで『鳥から鳥』にしか感染しなかったウイルスが、『鳥から人』に感染するようになるという変異です。人にうつるようになった鳥インフルエンザは、今度は『人から人』に感染します。こうなるともう歯止めが利きません」

田嶋が腕を組んで黙り込んだ。別の列席者から質問が飛ぶ。

「しかし、飽くまで可能性の話であって、『突然変異が起こった』と断定はできないのでは？」

古河が答える。

「歴史上、人類は無数のパンデミックに見舞われてきました。記録が残る十八世紀以降、新型インフルエンザによるパンデミックだけでも七度起こっています。その周期は四十年から五十年、つまり、それだけの頻度で『鳥から人』に感染する突然変異が起こるということです。それに、皆さんもご存じの通り、我が国でも鶏が鳥インフルエンザに感染し、大量死する事例が相次いでいます。鳥類の間では、すでにパンデミックが起きているんです。鳥インフルエンザに感染した鳥が多ければ多いほど、人と接触する機会も増えます」

「前回のパンデミックは？」

「1968年の、香港風邪です」

映像が終わり、水内がモニターを消した。雑音が消えると会議室の静けさが際立った。唇を嚙みながら古河が続ける。

「もし日本で同様の事態が起こった場合、最悪のケースで二千五百万人に感染、死者数は六十四万人と推計が出ています」

発言はなく、あがったのは呻き声だけだった。水内が列席者の顔を見回す。

厚生労働大臣田嶋晶夫が静かに口を開いた。

「つまり、いずみ野市を封鎖しろ、と」

古河は言葉に詰まった。決定権を握るのは純粋に怖かった。

「封鎖すべきです」

古河の返答を待たずに、水内が決然として言った。その目は真っ直ぐに田嶋を見つめて揺らがない。

田嶋が小さく肯いた。

「国民の不安を煽（あお）るのが心配だ。ワクチンだけでは対処できないのか？」

水内の返答は速い。

「従来型の鳥インフルエンザウイルスから作った備蓄ワクチンを三千万人分用意してあります。しかし、これが『人から人』に感染するように変異した新型インフルエンザに効果があるかはまだ不明です。ウイルスに合致したワクチンの作成に取り掛かるには、新型インフルエンザの発生を待って、ウイルスを分離しなければなりません」

「どれくらいの期間で完成する？」

「六か月間です」

古河が言葉を継ぎ足す。「新型インフルエンザが国内で発生した場合、数週間で全国に感染が広がると予想されています」

田嶋が目を閉じた。

「とても間に合わん」

「今のところ、タミフルに代表される抗ウイルス剤が唯一の対処法です。しかし、これもどの程度効果が期待できるかは、わかりません」

もはや、口を開く者すらいなかった。

会議を終え、古河と水内は厚労省内にある感染症情報管理室に戻った。

古河のなかで焦りだけが膨らんで弾けそうになっていた。具体的な対策が取れないのが何より歯がゆい。それというのも、根源のウイルスそのものが見つかっていないからだ。

「室長！　宮城県内の総合病院でも新型インフルエンザと思われる感染症の報告が！」

室内の壁一面に巨大な日本地図がある。報告を受けて職員の一人が地図に飛びついた。日本地図に、『新型感染症発症』を示す赤い丸が一つ増える。その数はすでに二十数個に達していた。

「ちくしょう！　感染予防研からの報告はまだか！」

激昂し、両のこぶしで机を打つ古河に、水内の落ち着いた声が被さった。

「古河、これ以上、発表を延ばすわけにはいかないぞ」

「わかってますよ。わかってますけど、患者からウイルスが見つからないことには発表しようがないでしょう？　どうしろっていうんだ」

「もう正月休みも終わりだ。そうなれば、日本中に一気に感染が広がるぞ」

その言葉に、古河は顔を上げて水内を見た。

いつだって冷静沈着な水内が、その体を小刻みに震わせていた。

3

――2011年1月7日　早朝　東京都いずみ野市　養鶏場

神倉茜はベッドの中で目を覚ました。

いつもよりはずいぶんと早い時間だったが、張り詰めている神経のせいか些細(ささい)な物音で目が覚めてしまった。あるいはそれが聞きなれない物音だったせいかも知れない。

茜の目を覚まさせたのはヘリコプターのプロペラの音。まだ遠いその音が、しだいに近づきながら大きくなる。

ひどい騒ぎが続いていた。養鶏場で鳥インフルエンザが見つかったあの日、研一に付き添ってもらって帰宅した茜は、玄関先で、押し寄せたマスコミに押しつぶされそうになっている父の神倉章介(しょうすけ)を見ることになった。連続して焚(た)かれるフラッシュの洪水のなか、父はずっと頭を下げたままでその顔は見えなかった。何度も何度もまるった。

で井戸水を掬うポンプのように頭を下げていた。家のまわりはかつて見たこともないほど多くの車で埋まっていたが、多すぎる報道車の数とは不釣合いに野次馬は少なかった。

マスコミに見つからないほうがいい、と言って、茜を裏口に引っ張ったのは研一だった。ふすまを閉めて電気もつけずに茶の間に蹲ったけれど、それでも玄関先の罵声はぬるりと二人の耳に滑り込んできた。「責任の所在は――」「住民は恐怖に怯えているんですよ」。それは耳を塞いでも聞こえてくる声だった。薄暗い室内はフラッシュの津波に絶え間なく照らされた。冷たく容赦ない光に一瞬だけ見えた研一が、白くなるほど下唇を嚙んでいた。

テレビを見れば、青い防護服を着込んだ大勢の人たちが、養鶏場につながるすべての道を、ぐるりと柵で封鎖していた。叫ぶような声とロープが地面を擦る音、それから何かの金属音が間断なく響いていた。

研一の手が茜の手をぎゅっと握る。

「ここが感染源だと言われているんですよ」。マスコミの声は止まなかった。

茜は座布団を頭にかぶって時が過ぎるのを待ち続けた。それはあまりにも辛い時間で、それから今日まで、何をしてどうなったか、それを思い出そうとしても頭がぼんやりしてよく思い出せない。マスコミが引きあげた後に、研一がいったん姿を消して、レトルトの食品を買い込んで戻ってきたのを覚えている。夜半になって、ようやくマスコミから解放された父の章介は虚ろな目をしていた。茜と研一が夕食を用意しても食べようとしなかった。まるで「食べる」という行為そのものを忘れてしまったかのような呆けぶりで、箸を握らせて促しても、「ああ」と答えるだけで、その目は何もない壁を向いていた。体はひどく疲れていたけれど、ベッドに入ってもなかなか寝付けなかった。頭の中をぐるぐると音と光が回って止まらなかった。

——学校はどうしよう。

目を覚ました茜が最初に思ったのは、そんな、何とも状況に不釣合いなことだった。こういう場合、学校は休みになるのだろうか。それとも他の生徒の迷惑になるから、自主的に通学を控えるものなのだろうか。考えても答えなど出ないが、質問する相手もいなかった。誰に聞けばいいのかわからない。そのことが、自身が置かれている状況の特殊さを感じさせて茜は悲しくなる。

とりあえず制服を着、身支度をしていつものように居間に降りてみた。テレビが朝のニュースを告げている。

〈新型インフルエンザの疑いのある患者が続々現れている東京都いずみ野市。今、画

面に映っているこの養鶏場が感染源ではないかという疑いがもたれています〉

朝食はもちろん、湯呑みすら載っていないテーブルを前に、父の章介がただ座ってテレビを眺めていた。その顔は蒼白で、茜は「お父さんは昨日寝たのだろうか」と思う。一晩中そこにいたと言われても少しもおかしくないように見えた。

章介の目に、テレビ画面の養鶏場が映っている。あれだけ身近な、生活の糧となっていた養鶏場なのに、俯瞰で見るそれは何だか見知らぬ場所のように思えた。茜はテーブルを挟んで父と向き合い、しばらく無言で立ち尽くした。

章介がふと気づいたように目をしばたたかせた。

「父さんは今日、検査に立ち会うけど、おまえ、学校休んでもいいんだぞ」

——休んでもいいんだ。まるで他人事のように茜は思った。四日前からの一連の出来事が現実に起こったものとは思えずにいた。学校に行って帰ってくれば、何事もなかったように日常が始まるんじゃないか、そう思えて仕方がない。

「いい。……行ってきます」

茜はそれだけ言うと、父に目を向けずに玄関に向かった。「そうか」。呆けた表情のまま父が呟く。茜は玄関先で靴を履こうとした。父の視線が茜の背中に注がれている。

廊下に据えられた電話が鳴り出した。章介が誘導灯に集まる羽虫のように、ふらふらと力なく電話機に近づいて受話器を上げた。茜は聞きたくない。

——お前が病気を呼び寄せたんだ。責任取れよな。

章介が電話機に向かって頭を下げている。繰り返す詫(わ)びの言葉が経文のように低く響く。

茜は振り返らずに外に踏み出した。父の顔を正視できない。

見たら、泣いてしまいそうだった。


いずみ野市保健課職員による、神倉養鶏場の立ち入り検査は正午前に行われた。都職員の立会いのもと、保健課職員の田村道草(たむらみちくさ)の運転でワゴン車が敷地内に入る。まるで不発弾でも発見されたかのように警備は厳重だった。

ワゴン車のなかには三名が乗っていた。感染経路究明チームに抜擢(ばってき)された、島根畜産大教授の仁志稔(にしみのる)、運転手の田村、それに神倉養鶏場経営者の神倉章介だ。

養鶏場に続く細い道は、マイクを構えたマスコミの取材陣に囲まれていた。必死の形相のリポーターが、ゆっくりと走るワゴン車の窓をひっきりなしに叩(たた)く。窓を閉め切っているからその声はくぐもってまるで呪詛(じゅそ)の言葉のように聞こえた。カラフルなスーツに身を包んだ大勢のリポーターたちを眺めて、助手席の仁志が軽く笑いながら、

「まるでマラソンのゴールみたいや」と呟いた。

「養鶏場の責任者の方ですね。今回の問題にどう対処されるおつもりですか」

章介のいる後部座席のガラスに向かって、リポーターがマイクを叩きつけた。

「今、各地で感染者が見つかり始めている新型のインフルエンザはこの養鶏場から広まったと言われているんですよ！　何か言うことはないんですか？　謝罪の言葉はないんですか？」

「殺気だっとるのぉ」

ひどくのんびりした調子で仁志教授が呟いた。遊園地のアトラクションでも見る目で面白そうに車外の喧騒を眺めている。「たしかに病院で亡くなった方はおるが、原因はまだ新型インフルエンザと決まったわけではない。なのにこう断言されてしまうと、かえって風評被害が怖いのぉ。マスコミというのはせっかちでいかん」

言って人懐っこい笑顔で後部座席を振り返った。章介はうなだれて愛想笑いを返すこともできない。

「ここが発生源だったら何だっていうのかねぇ。それでどうしろってぇのぉ」

仁志が節をつけて歌うように言った。それから章介に聞こえるよう、はっきりと続ける。

「神倉さん。必要以上に責任なんぞ感じなくていい。あんたは何も、鶏が大量に死んだのを隠そうとしたわけではない。きちんと報告して、それでこうして調査を受けとる。間違った対応などあんたはしておらんよ」

後部座席の章介は、フラッシュの嵐に顔を上げることができずにいる。そんな章介を、仁志が振り返ってちらりと見た。章介の眉は八の字になって、額にはびっしりと脂汗が浮かんでいる。標準的な体格のはずなのに、いまの章介は一回りも二回りも小さく見えた。

仁志は向き直り、ため息とともに呟く。

「はじまりの場所に責任があるっていうなら、のぉ？　そりゃこの星の責任だよ」

神倉章介の返事はなかった。

黒板に大きく描かれた下手糞な落書きは、神倉茜の心をくしゃりと握りつぶした。

教室の入り口に立った茜は、そのまま教室に入れずにいた。黒板にいくつもの落書き。「殺人ウイルス襲来！」。赤いチョークで見出し記事のようにでかでかと書かれている。「恐怖、鳥オンナ」。顔が鶏になった制服姿の女生徒が炎を吐き出している。それに向かってスプレーを吹きかける人間も小さく描かれていた。スプレーには「消毒」の文字。茜は立ち尽くしたまま動けなかった。じわりとやってくる衝撃に心がマヒ状態になる。

教室にいる生徒たちは、一見普段どおりに見えた。それが不気味だった。いつもの朝の雰囲気、決して和やかではないが、荒れてもいないいつもの教室の雰囲気。あからさまに茜を睨みつけたり、陰口を言ったりする者は誰もいない。それなのに、確かに教室中は敵意に満ちていて、それが黒板から如実に噴き出ていた。机を見る。教室の中ほどにあったはずの茜の机は隅に追いやられ、机上に消毒剤とトイレ用の脱臭剤が置かれていた。

「なによ……」

誰に向かって何を言えばいいのかわからなくて、茜は言葉を詰まらせた。思い切り叫びたいと思っても声が出なかった。代わりに喉の奥がひくついて、泣きたくないのに涙が溢れてきた。溢れる涙がこぼれないように声を殺して堪えた。肩に誰かの手のひらが触れた。騒ぎを聞きつけたのか、いつのまにか隣のクラスから研一がやってきていた。茜の肩に手を置いたまま、研一がぼそりと呟く。

「行こう」

研一に腕を引かれながら、茜は涙を流れるままにしていた。研一はずんずんと歩く。

その振動が腕を通して伝わって、その度にポロポロと涙がこぼれた。クラスメイトたちの顔が浮かんでは消えた。春から夏、秋、そして冬、一年間をともに過ごしたクラスメイトたちの笑顔が浮かんでくる。一人ひとり、全員の顔が思い浮かべられるのが悲しかった。クラスにはほとんど全員が揃(そろ)っていた。つまりそれは、クラス中の誰一人としてあの落書きを止めなかったということだ。クラス中、みんながそう思っているということだ。

校庭に出ると、研一はそのまま校門に向かおうとした。茜は引かれるままについていく。

「ねえ研ちゃん。家(うち)のせいなの？　変な病気の人が出たのって、あたしやお父さんのせいなの？」

「違う」

「だって……、だってみんな、あんなふうに……」

研一は茜を振り返らずにひたすらに歩いている。校門を出た。それでも歩みを緩めない。

「きっとみんな、どうしていいかわからないんだ。誰か、とにかく悪者が欲しくって、それで……」

「うちの鶏が悪者なの？　悪者って、あたしとお父さんなの？」

研一は答えない。

答えられなかった。

4

——2011年1月7日　深夜　東京都いずみ野市　いずみ野市立病院

深夜になっても外来患者が跡を絶たない。市立病院本館待合室ホールは、感染症の恐怖に怯えた患者たちで溢れていた。

真鍋秀俊が原因不明の感染症で死亡したというニュースは報道されていないはずだった。感染予防研の正式発表がまだなされていないからだ。だが、マスコミが報道した「いずみ野市の養鶏場で鳥インフルエンザ発生」のニュースと、真鍋秀俊だけではなく、街中で実際に散見されはじめた「感染者」の姿が組み合わさって、市民の恐怖感は加速度的に膨れ上がった。歯止めなど利こうはずもなかった。そもそも、本来〝歯止め〟の指揮を取るはずの厚労省自体が、いまだその方針を計りかねていたからだ。感染者の検体からはまだウイルスが見つからず、感染研も腕をこまねいている状態だった。

テレビは何度も繰り返し、「未知の感染症」の恐怖を伝えた。どこから摑んできたのか、真鍋秀俊の顔写真まで公開している局もあった。いいかげんな憶測を、憶測らしくない言い回しで表現するのに長けたコメンテーターが、いつものように市民の怒りを代弁し、行政の無能を非難した。「少しでも体に異常を感じたら、とにかくすぐに病院へ」。CMに移る直前に、司会者が締めの言葉として言った台詞が、不安を抱え込んでいたいずみ野市の市民たちを一気に行動に駆り立てた。体調の不良を訴えた患者たちが市立病院に押し寄せる。

「熱のある人は新館救命救急センターの方にお回り下さい。院内感染の恐れがありますので、そちらのみでの診察となります」

防護服姿の高山が待合室で叫んでいる。きりがなかった。待合室の椅子はとうに埋まり、部屋の壁を背に座り込む患者の姿が目立ち始めた。中には明らかに、感染症の恐怖に怯えているだけの神経症の様相を呈した患者も見える。かと思うと、高熱があるらしく顔を真っ赤に染めた、新型感染症が疑われる患者が家族に付き添われてやってきたりもした。区別がつかなかった。ひっきりなしに救急車のサイレンが鳴り響く。

高山は小さく舌打ちしてから再び声を張り上げた。熱がある患者は新館に回れと言っているのに、高山の声をまともに聞いている者など一人もいないように思えた。全員が勝手気儘にウイルスを撒き散らしているように見えた。

外来患者の一人がフラフラと歩いて、廊下の奥に消えようとしていた。

「そこ！　どこに行くつもりですか！」

高山の叫びに男が足を止めた。血色の悪い顔を振り向かせ、怪訝そうに高山を見る。

「トイレだよ。戻しそうなんだ」

「勝手に歩き回るなって言ったでしょう？　新館に向かってください」

「吐きそうなんだ。おれはただの腹痛だよ」

事も無げにそう言う男に高山は切れた。いったいお前は状況がわかっているのか？　たった一人でも感染者がいれば、それは何千倍、何万倍の患者を生むんだぞ。責任は誰が取る。

「戻れ！」

高山の剣幕に男が目を剥いた。

「あんたが新型インフルエンザの患者じゃないとどうしてわかる！　汚染されたら困るんだよ！」

高山の叫びがこだました。

　剛はＩＣＵで新型感染症の患者の治療にあたっていた。ＩＣＵも待合室と同じ状況で、瞬く間にすべてのベッドが新型感染症の患者で埋まった。一人の患者を診断し、一通りの処置を済ますと、間断なく次のストレッチャーが運ばれてくる。いつの間にか防護服の胸が血に染まっていた。看護師長の池畑実和に「それでは患者さんが怖がります」と諭された。

　スタッフが足りなかった。医師も看護師も足りない。ベッドも、機器も不足していた。真鍋秀俊の治療に当たってから三日が経過しようとしていた。その間、剛は片時も休むことなく立ち働いていた。剛だけではない、池畑実和をはじめとした看護師たちも、交代制の時間を無視して働き続けている。緑色のリノリウムの床に、薬局の担当職員がへばりつくように体を屈めて汚物を拭っていた。剛は急ぎ足にベッドの間を移動しながら、足裏のべたつきをまるで手術室の床みたいだと感じた。患者の吐き出した血と汚物が床を濡らしている。拭っても拭っても、あたらしい患者がやってきては同じように血を吐いて床を汚す。換気は最大にしてあるが、それでも臭気は耐え難いものになっているのではないか。防護服の下で剛は考える。患者の恐怖はどれほどのものだろうか。

「松岡」

呼びかけられて、剛は足を止めた。一般患者に混じって安藤医師がベッドに横たわっている。

「悪いな、こんなときに」

安藤は、自分の腕に刺さる輸液の管を憎々しげに睨みながら言った。それから室内を見回して小刻みに首を振る。「盛況だな。病院が盛況じゃ困りものだ」

剛は小さく笑みを浮かべた。ゴーグル越しにその顔が安藤に見えたかはわからない。けれど安藤も微笑み返してきた。剛は言う。

「家族サービス、ちゃんとやったんですか」

安藤が鼻から短い息を漏らした。軽く笑って答える。

「まあな。半分だけだが」

「半分、ですか」

「娘は彼氏とどっか行ってるし、かみさんと二人だけで、最悪だ」

シニカルな笑顔は相変わらずだった。いつも剛をからかうときの軽い調子になって安藤が言う。

「松岡。頼りにしてるぜ」

安藤医師の目は澄んでいた。得体の知れないウイルスに蝕まれつつある者の目にはとても見えなかった。だから剛も笑顔のまま答える。

「頑張りますよ。だから安藤先生も、頑張ってください」


ひと段落ついたのは明け方だった。実に丸二日間、狭い処置室とICUを行き来して過ごした。数え切れないほどの患者が出た。気が張り詰めていて眠気は感じなかったが、さすがに体は悲鳴を上げていた。

剛はICUを出ると中庭に向かった。感染予防用のビニールカーテンをくぐって防護服を脱ぐ。シャツがぐっしょりと湿っていた。中庭の観音開きのガラス扉を開けると、昇りかけた太陽の冷たい光が剛の肌を刺した。マスクを外すと、深海から浮き上がってきて最初の一呼吸でもしたみたいに、冷えた空気が深く肺に染み渡った。凝り固まった筋肉をほぐして伸びをする。目尻に涙が浮かんだ。冷たい水を浴びたような気分だった。

伸び上がったまま、剛は中庭の中央にある、すっかり葉を落としたりんごの木に目を向けた。昔、この病院を退院した患者が寄贈したものだと聞いたことがある。夏には緑の葉を繁らせ、秋口には真っ赤な実をつける。それを楽しみにしている入院患者も多い。そういう木だ。

その木に朝陽が差していた。背中から光を浴びて、神々しくも見えるその光景に剛は目を細めた。黒い人影が見えたような気がした。人影が大きくなる。朝陽を背負って、小柄な女性が近づいてくる。

見覚えのあるその顔に、剛は目をしばたたかせた。

「……栄子？　栄子なのか？」

小林栄子が、松岡剛をゆっくりと見た。大きな旅行鞄を降ろし、逆光のなかで剛と向き合う。

「松岡くん？」

かつて何度も見つめ合った、小林栄子の目が変わらずにそこにあった。学生時代と同じように、黒目がちで意志の強そうな瞳がじっと剛を見つめる。

実に七年ぶりの再会だった。学生時代の恋人が、七年分の歳月を落ち着きに変えて、剛の前に向き合って立つ。肩にかかる程度に切りそろえた黒髪。大きく、底の知れない深さをたたえた透明な瞳。うすい唇が少しだけ開く。小林栄子が呟いた。

「ひさしぶり。こんなところで再会するなんてね」

5

――2011年1月8日　東京都いずみ野市　いずみ野市立病院

小林栄子の到着を受けて、市立病院のスタッフたちに召集がかかった。講堂に向かう道すがら、剛の耳にスタッフたちの呟きが漏れ聞こえる。「とても手が足りない」「いくら消毒しても次々に患者がやってくる」「焼け石に水だ」「わたしたちは大丈夫なの？　感染しないの？」。聞こえてくる言葉の一つひとつが重かった。一つとして否定できない。状況は最悪に近く、人手は足りず薬剤も機器も不足している。そのくせ患者の数だけが加速的に増えていく。剛は頭を抱える思いで講堂に踏み込んだ。

――だが。

剛は再び考える。彼女の存在が、この絶望的な状況を変えてくれるかもしれない。

開けた視界の前方、壇上に白衣の数人が見えた。小林栄子が口を開く。

「ＷＨＯのメディカルオフィサー、小林栄子です」

壇上の栄子を取り巻くように、感染症予防研究所の医師たちの姿も見えた。突然の召集に、市立病院のスタッフたちには微かな戸惑いが感じられた。その戸惑いを見透かすように、殊更にゆっくりと白衣の一人が立ち上がる。ゆったりとした仕草で壇上に立つ小林栄子を手のひらで示した。眼鏡をかけ、精悍な顔をした四十がらみの男だ。

「感染予防研ウイルス第三部部長の岡田です。私から小林先生を紹介します。小林先生は、イギリスのセントハリス病院で臨床研修を経て同病院に勤務。専門はウイルス感染症。その後、ＷＨＯに所属し、各国でエボラやＳＡＲＳ等の感染症の現場に携わり、昨年はフィリピンでの新型インフルエンザ封じ込めにも成功されています。感染症予防研究所では、現状への対策を小林先生に一任します」

軽いざわめきが起こった。講壇の左側には小林栄子と感染予防研の医師たち、右側には、市立病院の院長深見修造と院内感染対策主任の高山が渋い顔をしている。緊急時とは言え、事前に何の連絡もなく指揮権を移行されたのが高山は面白くない。思わずきつい口調になって問いかける。

「で、小林先生は具体的には、何をなさるんですか」

「この病院全体を、隔離病院と改変します」

「は？」

間をおかず返ってきた栄子の返答に、高山は大袈裟に驚いてみせた。

「何を——」

「ここでの感染を見極め、感染の拡大を抑えるためです」

栄子の視線が講堂に集まったスタッフたちをゆっくりと巡った。皮肉じみた高山の意見などまるで意に介していないようだった。

「ちょっと待ちなさい。そんなことをすれば、一般患者はどうなる。この病院は、この地区じゃ唯一の総合病院で市民たちはここを頼りにしているんだ。一般患者を切り捨てるわけには——」

「現在全国で感染が広がっていますが、最初に患者が見つかったこの病院付近に感染者が多く見られるんです。この病院を隔離病院とし、調査と治療を行っていくのは、はなはだ当然の処置だと考えます」

院長の発言にかぶせるように、小林栄子が端的に言ってのけた。スタッフたちから不満とも感嘆とも取れる声が上がる。院長は口をつぐんだ。この病院のせいだと言いたいのか、と小さく呟いている。

「だいたい、患者サンプルからH5N1ウイルスは見つかったのか？」

高山が憎々しげに言った。それは栄子に投げかけた質問というより、ただの愚痴のように聞こえた。感染予防研の岡田が短く答える。

「それは現在調査中です」

「調査中って、いったいいつまでかかるんだ！　患者死んでるんですよ？　遅すぎるでしょ？　H5N1ウイルスも見つかってないんじゃ、これが鳥インフルエンザ由来の新型インフルエンザかどうかもわかりゃしない。今、この病院に蔓延（まんえん）している病気はいったい何なんですか？　はっきり言ってくださいよ」

高山のひび割れた声が講堂にこだました。栄子が冷静にそれを受け止めて答える。

「いたずらな発言はできません。検体から実際にウイルスが見つかるまでは、未知の感染症と申し上げるより他にありません」

高山の舌打ちが響いた。栄子を一瞥（いちべつ）し、椅子（いす）を回して背中を向ける。

「いずれにせよ、一例目の患者が診断され、引き続き発症者がみられるこの病院は、厚生労働省の管理下に置かれ、今後は感染予防研のスタッフも治療にあたることになります。何か質問は？」

誰の声もあがらなかった。小林栄子は集められたスタッフたちを見渡すと、すぐさま次の行動に移る。「では、最初に患者と接触した医師は？」

講堂の中ほどにいる剛がすくと手を挙げた。剛の強い視線が壇上の栄子のそれとぶつかる。

「わかりました。始めましょう」

栄子が壇から降りて歩き出した。それに合わせて、感染予防研の医師たちがいっせいに立ち上がる。

残された市立病院スタッフたちの反応はそれぞれだった。高山のように、小林栄子や感染予防研の医師にあからさまな敵意を見せる者、指揮を取る者の登場に明らかに安堵(あんど)している者、そして、突然の部外者の侵入に、いよいよ〝異常事態〟の念を強くして不安に怯える者。

剛は栄子の後について歩きながら、その背中に「相変わらずだな」と呟いた。相変わらず自信家でリーダーシップが強い。大勢の人間を前にしても決してたじろぐことがない。栄子の歩みに躊躇(ためら)いはない。

「まず、患者の様子を確認します。処置室は？」

看護師長の池畑実和が無言で栄子の前に立った。小林栄子は小さく肯く。

「この向こうが処置室。発症初期で、まだ話のできる患者さんが収容されています」

この感染症のさわぎで、市立病院には、急遽(きゅうきょ)、減圧処理が可能な前室がつくられた。前室で防護服を着用する小林栄子に向かって、池畑実和が手短に説明する。栄子は軽く肯くと、無言のまま白衣の上に防護服を装着しはじめた。その動作が手馴れていた。自身もマスクとゴーグルを装着しながら、剛は栄子の表情を見るともなく見ていた。小林栄子の黒髪が、青い防護服の肩にさらりと滑った。横顔が見えた。とても強く、見る者に確固たる意志を感じさせる横顔。迷いを感じさせない凛然とした表情。剛と栄子は、剛が学生で、栄子が教授の助手を務めていたころに知り合った。そのころから変わることのない小林栄子らしい表情。

　処置室のドアが開いた。栄子に続いて、剛、実和が処置室に踏み込む。

　途端に空気が変わった。処置室の中は、毒に満ちた重たい空気に淀んでいる。防護服を着た感染予防研の医師が数名、患者たちのベッドを回っては何かを尋ねていた。列なるベッドの隙間を栄子が歩く。剛はそのすぐ後についている。

「最初の感染者は、亡くなったと言っていたわね」

　歩きながら栄子が呟くように言った。その短い問いに剛は眉を顰める。

「ああ」

「では、最初の感染者にもっとも近いのは、真鍋秀俊の伴侶である真鍋麻美ということね」

　栄子の言葉が冷たく響いた。最初の感染者に問診するのは感染源を特定する上で当然の行為だ。それはわかっているのに、栄子の声の冷たさが剛の返事を遅らせた。栄子が目で剛を促す。剛は眉を顰めたまま、栄子を先導して麻美のベッド脇に立った。臨時に設置されたベッドも含めて、処置室は通路を除いたほとんどが患者で埋まっている。大勢の患者に混ざって、真鍋麻美が短い呼吸を続けていた。高熱にうかされているようだった。

「真鍋麻美さん。聞こえますか？　麻美さん」

ベッド脇に立った栄子が、麻美の体に覆いかぶさらんばかりに語りかけた。麻美がうっすらと目蓋を上げる。高熱のせいか、麻美の薄い皮膚が不自然に赤く染まっていた。目蓋や鼻、口唇に痛々しい発疹が見えた。麻美の目が開いたのを確認し、栄子はさらに身を乗り出す。

「ご主人かあなたで、どこで感染したか心当たりはありませんか」

麻美は答えない。短い呼吸を繰り返すばかりだ。

「たとえば、最近お二人で海外旅行に出かけたとか」

栄子は防護服にすっぽりと覆われた顔を麻美に近づけ、声を大きくする。

「答えてください。これはとても大事なことなのよ」

麻美がゆっくりと首を傾けた。眩しげに光を避けるような仕草だった。

「真鍋麻美さん。答えてください。これは世間話じゃないんです。大勢の人の命がかかった問題なんです」

栄子が発した〝命〟という言葉に、剛の脳裏に真鍋秀俊の顔が浮かんだ。秀俊の凄惨な死に様、麻美はそれを目の当たりにしたばかりなのだ。剛は唇を噛んだ。麻美に問いかける栄子の背中が見えた。

知らぬ間に、その肩を掴んでいた。

「答えられるような状態じゃない。わかるだろう？」

栄子がちらと剛を振り返る。うるさそうに剛の手を払うと、すぐに視線を戻して問診を続けようとした。

「無理をしてでも答えてほしいんです」

「ご主人を亡くしたばかりなんだぞ」

振り返った栄子の目が冷たかった。剛と栄子の視線がぶつかり、しばし無言の時が流れた。

「わかりました。でしたら機会を改めます。また後ほど」

言うなり栄子は踵を返した。そのまま処置室を出て行こうとする。剛の隣に立つ看護師長の池畑実和が、大股に立ち去る栄子の背中を眉間に皺を寄せて眺めていた。剛も実和と同じ気持ちだった。相変わらず栄子は視野が広い。人類に仇なす感染症との闘いという大局を見ている。それだけを見ているから、剛には栄子の目は患者そのものを捉えていないように見える。実際に感染症で苦しんでいる人間を、栄子の目は通り過ぎているように見える。

剛は真鍋麻美を眺めながら思う。

おれは医者だ。栄子だって、メディカルオフィサーという立場ではあるが医者には違いない。医者が、患者の気持ちを汲み取れないでどうするというんだ。

感染予防研の医師が、処置室を出ようとする栄子を呼び止めて語りかけているのが見えた。栄子が二言三言指示を出す。医師たちがパッと処置室に散った。

「なんだか、鉄みたいな女の人ですね。あの人」

池畑実和が、剛にだけ聞こえるようにポツリと呟いた。

『それは何か？』

『それは何をするのか？』

『それはどこから来たのか？』

『それをどう殺すのか？』

講堂に市立病院の主要なスタッフを集めて、栄子がホワイトボードにそう記した。コツコツとボードを叩きながら言う。

「つまり……、

『それは何か？　↓　ウイルスの正体』

『それは何をするのか？　↓　感染症が引き起こす症状』

『それはどこから来たのか？　↓　感染経路の究明』

『それをどう殺すのか？　↓　治療法』

ということです。これを発見していくのが重要な課題となります。今後、この病院においては、患者の疫学調査を徹底し、院内の一部を隔離病棟とします」

決定事項の喋（しゃべ）り方で栄子が言った。院長の深見が重苦しく肯く。隣で高山があからさまに舌を鳴らした。

「偉そうに……、何がＷＨＯだ」

高山の呟きを栄子は無視する。

「まずは勤務体制を改編します。本日より市立病院スタッフについては、休暇をすべて申請制に変更します。特段の事情がない場合は病院勤務を優先してください。それから――」

「ちょっと待ちなさいよ。あんた、そんなこと簡単に言うけどね、職員にだってプライベートが」

「関係ありません」

「関係なくはないだろう？　あんた、突然やってきて勝手なことばかり言って、職員の中にはまだ小さい子どもをもった看護師だっている。親の介護に当たっている者だって……」

「もたもたしていたら、その〝子〟や〝親〟も死ぬことになります。非常事態なんです」

「非常事態だってことくらいわかってますよ。だけどいくらなんでも」

「今は議論している暇はありません。言い足りないことがあればわたし宛のメールでどうぞ。ただし、再考はしません」

言うなり栄子は踵を返した。振り返らずに講堂から出て行こうとする。

続いて講堂を出ようとする剛を、高山医師が呼び止めた。

「松岡くん、君、彼女を監視したまえ」

「は？」

「彼女、何をしでかすかわからん。この病院はこの病院のスタッフが守る」

「高山先生、そんなこと言っている場合じゃないでしょう？」

「いいから監視するんだ。命令だ」

剛は肯きもせずにドアを飛び出した。栄子の後を追う。

「栄子」

「………」

「栄子、呼んでるだろ」

「昔と同じ呼び方しないでよ」

言葉が刺々しかった。剛は思わず眉を顰める。

「もう治まるだろう。もう治まるだろう。どんな災禍だって、まさかそこまでは」

剛は訝しげに栄子を見た。言葉の意味がわからない。

「大きな災禍に見舞われたとき、いつだって人はそう言うの。けれど、それは大きな間違い。その思い込みが大災害につながるのよ」

「……目の前の現実を直視できなくて、希望的観測に縋ろうとしてるんだろ？　人間なんだ。みんな弱いんだ。ある程度は仕方のないことじゃないか」

栄子は虫を払うように顔の横で手のひらを振った。大股に通路を歩きながら言う。

「『もし感染が止まらなかったらみんな死んでしまう。日本がなくなってしまう。そんなことはありえない。だから感染は止まる』。あの人たちはそう考えてるのよ。災害に人の心なんて関係ない。リミットなんてないの」

　栄子の言葉はむき出しだった。

「感染症は、高いところからボールを落とすのとおんなじ。地面に落ちたら日本がなくなる。人という種が絶滅の危機に瀕する。でも、ボールは地面に向かって一直線に落ち続ける。だったら松岡くん、あなたはどうする？」

　栄子と歩調を合わせて通路を歩きながら、剛は一瞬の躊躇いの後に答えた。

「手で……、受け止める」

「そう。それしかないの」

　栄子がはっきりと告げる。

「たとえそのボールが何千度の炎に燃えていようと、鋭い棘が手のひらを貫こうと、この両手で受け止めるしかないのよ。止めるしかないの」

　非常事態なのよ、小林栄子が背中で呟く。

「わかるでしょ？『わたしばっかり』とか『契約にない』とか『理不尽だ』とか。そんなことを悠長に語っていられる状況じゃないの。『当然の権利』なんて主張できるうちは日常の延長なのよ。人が大勢死んでいるけど、いつかは収束に向かう一過性の災害、回復可能なもの。そう思っているから主張できるの。でもね、いまはもう違う。いま、わたしたちが対面しているのは、人間の文明とウイルスの闘いよ」

歩調を緩めずに短く言う。

「覚悟のときよ」

「栄子は……。覚悟ができているのか」

栄子の気迫に気圧(けお)されながら、剛はかすれた声で言った。

「ええ。メディカルオフィサーとして、はじめて感染地帯に派遣されたときからね。わたしは、そのときに生まれたんだと思ってる。ウイルスと闘っている間だけ、わたしの命には価値があるの」

栄子はそう言い放つと、剛を残して足を速めた。なおも食い下がろうとする剛を、看護師の三田多佳子の叫ぶような声が引き止める。

「松岡先生！　安藤先生の容態が！　血圧が急激に下がっています！」

剛はICUに駆け込んだ。緊急事態を察したのだろう、栄子もあとについてくる。

ICUのドアを押し開けると、感染予防研の宮坂(みやさか)と片桐(かたぎり)が安藤医師の治療に当たっているのが見えた。剛は二人の間に割って入る。

「赤血球2単位追加！」

三田多佳子に向かって宮坂が叫ぶ。

「ぼくが診ます」

決然とした剛の声に、宮坂と片桐が同時に振り返った。剛は構わずに多佳子に指示を出す。

「輸血はポンピングで！　ＦＦＰ（新鮮凍結血漿）５単位オーダー」

「はい！」

多佳子が走る。剛は安藤の顔を覗き込んだ。安藤の吐く息が剛のゴーグルを白く染める。

「安藤先生！　安藤先生、あなたはこんな病気なんかに負ける男じゃないでしょう？　家族サービス、そう、家族サービスがまだ半分残ってるじゃないですか。娘さんに会うんでしょう？　安藤先生！　目を開けて！　生きてください！」

剛の剣幕に宮坂たちは声を失っている。小林栄子が短く指示を出した。

「この場は松岡先生に任せて。宮坂さんと片桐さんは、他の患者をお願いします。それから、ご家族を……」

栄子の呟きに片桐と宮坂が小さく肯いた。片桐は他の患者のベッドへ、宮坂はＩＣＵを出て、安藤の家族が控えている待合室へ向かう。栄子が険しい目で安藤医師を見つめている。

三田看護師が叫んだ。

「松岡先生！　ＶＦ（心室細動）！」

剛は心電図に目をやった。波は小刻みに振れるばかりだ。

「カウンターショック！　離れて！」

除細動器のパドルを安藤の胸部に押し付けて叫ぶ。安藤の体が大きく跳ね上がった。

「まだ戻りません！」

「中心静脈からボスミン１アンプル！」

栄子が叫んだ。

「もう一度、カウンターショックだ！」

再び安藤の体が跳ね上がった。バウンドと同時に安藤の目がカッと見開かれる。短い息を安藤が吐き出した。

「松岡先生！　心電図、サイナスに戻りました！」

剛は安藤の耳元に顔を近づけて叫ぶ。

「安藤先生！　先生、聞こえますか！」

見開かれていた安藤の目が、ゆっくりと閉じていく。ほんのわずかに開いた目が、ゴーグルの下の剛の目とかち合った。安藤の口がゆっくりと開く。

「松岡……、不思議だな。怖いんだ。今まであんなに人の死を見てきたのに……、自分の番になると怖いもんだな」

「何言ってるんですか。安藤先生らしくない。いつもみたいに軽口言ってくださいよ」

剛は泣き笑いの顔になって安藤に語りかけた。安藤が閉じかけた目を動かして剛の顔を見る。それからゆっくりと首を回した。安藤の目が、ＩＣＵの壁、ガラス越しにＩＣＵ内を見渡せるように作られている隣室を向いた。

「ああ……、二人とも、来てたのか」

安藤が呟いた。その呟きの意味がわからず、剛は安藤の視線を追って振り返った。

青色のセーターを着た婦人と、高校生らしきセーラー服姿の少女が、肩を寄せ合うようにして立っていた。ウイルスを遮断された隣室から、ガラス越しに、安藤の妻と娘が互いを支えるように抱き合って、瞬きもせずにこちらをじっと見つめている。

「とんだ家族サービスになっちまったなぁ」

安藤がそう呟いた。その口元がゆっくりと微笑みに変わる。二人に向かって安藤医師が微笑みかけた。ガラスの向こうの二人が安藤の笑みを認めて、涙を堪えながら必死に笑顔を作ろうとする。安藤の目が優しく細められる。

痙攣はその瞬間にやってきた。安藤の体が突如大きく跳ね上がる。剛は安藤の瞳孔を覗き込んだ。再び上げた顔にはびっしりと汗が浮いている。

「脳出血だ！　グリセオール用意して！」

心電図をモニタしていた三田多佳子が叫ぶ。

「心停止です！」

「安藤先生！　死ぬな！　そんなの許しませんよ！　死ぬんじゃない！」

間髪を容れずに剛は心マッサージを始めた。三田看護師が応援の医師を呼びに走る。

「あなたは死んじゃいけない人間だ。安藤先生、おれ、まだあなたに教わりたいことがたくさんある。約束してたバス釣りだってまだ行ってないじゃないですか。娘さんにまだ、クリスマスプレゼント、渡せてないって言ってたじゃないですか。いつもニヤニヤ笑って、さんざんおれに愚痴、聞かせたじゃないですか。ずるいですよ死ぬなんて。おれだって、まだ安藤先生に聞いてほしい話がたくさんある。相談したいことだって……、まだ……」

片桐が駆け寄ってきた。ガラスの向こうで、宮坂が安藤の妻と娘の肩を支えるようにして何かを語っていた。二人は身じろぎもせず、張り付くようにして安藤医師を見つめている。

「松岡先生」

片桐が剛に声をかけた。その声は応援のそれではなく、どこか叱責（しっせき）の色を帯びていた。剛は振り向くことができない。マッサージをやめることができなかった。ガラスの向こうの二人の祈り、それに剛自身の願いが、その手を止めさせてくれなかった。

「死ぬな！」

叫んでも安藤は無言だった。

防護服を着込んだ安藤の妻と娘が霊安室に立っていた。

安藤の納められた棺（ひつぎ）が細長い部屋の中央に安置され、その脇に二人が立っている。

娘が呟いた。

「お父さんの顔に、触れることもできないの？」

剛は霊安室の入り口に立ち尽くし、その異様な光景を見ていた。死者とそれを悼む祭壇。その厳粛な空間に、青色の防護服が質（たち）の悪い合成写真のように浮き立っていた。

「こんな……、こんな格好でお父さんと別れなきゃいけないの？」

娘が泣き崩れた。安藤の妻がそれを支える。

二人の背後で、剛は深々と頭を下げた。先輩医師であった安藤に対する敬意だろうか、そう思ってすぐに思い直す。

——いや。ぼくが今頭を下げるのは、自分の無力に対する謝罪だ。

不思議と涙は湧かなかった。

6

——2011年1月9日　05：37　東京都いずみ野市　いずみ野市立病院

剛は市立病院の屋上に立っていた。夜明けが近く、黒の中に白が滲んだ暗幕のような空が町中を包んでいた。ポツポツと民家の明かりが見えた。街灯が列なって何かを先導する道しるべのように延びていた。欄干に肘をついて剛はその頬に風を受ける。冷たかった。もっと冷たい、身を切るような風が吹けばいいと思った。

「優秀な救命救急医だったみたいね。みんなの信頼も厚い」

背中から声が聞こえた。剛は振り返らずに夜明けの町を眺め続ける。小林栄子の足音が近づいた。剛の隣に立ち、同じ姿勢で町を見下ろす。風を受けて目を細める。

細い息を吐き出した。

「……ぼくが、最初の患者をもっとしっかり診察していたら、安藤先生は死なずにすんだのかも知れない」

呟いてから自分の台詞に少し驚いた。今の今まで、自分がそんなことを考えていたとは思いもしなかった。ただ風を受けに屋上にやってきたつもりだったのに、今、自分の口からもれた言葉は妙にしっくりきて、剛はそれを本心だと思う。ぼくは後悔していたんだ。ぼくの注意しだいで、もしかしたらこの最悪な事態は避けることができたのかもしれない。ぼくが真鍋秀俊の診断を誤らず、新型感染症を疑って適切な処置を行っていれば、あるいは安藤先生は――。

「そうかしら」

栄子の返答は速かった。目を閉じ、風に吹かれるままにしている。

「安藤先生を死なせたのは自分だ、とでも思っているの」

栄子の言葉が胸に刺さった。剛は唇を嚙んで目を閉じる。すぐには言葉が出てこなかった。

「そんなのおこがましい。たまたま最初の感染者を松岡くんが診たというだけよ。感染症は起こるべくして起こるし、条件が整ってしまっている以上、発症が早いか遅いかのちがいしかない。最初の者に責任なんかないし、最初の一人を責めたってしかたがない。未来を見据えて、感染症のリスクを最小限にし、可能な限り多くの人命を救うのがわたしたちの仕事よ」

「栄子、相変わらずだな」

栄子は鋭い目を剛に向けた。「そう？」

「いつだって最大公約数で物事を考える。大学にいたころからそうだった」

「そうかしら」

「ぼくだって大勢の人たちを救いたいと思う気持ちはいっしょだ。だけど、目の前で人が死ねば悲しいし、胸が苦しくもなる。安藤先生の死を悔いているよ。何年もいっしょに仕事をしてきた仲間なんだ。もっとぼくにはできることがあったんじゃないか、何とかして安藤先生を救うことができたんじゃないか、そう考えてしまうのはふつうだろう？　大切な人を失ったんだ。胸が苦しくなるのは、心にぽっかり穴が空いてしまうのは、ふつうのことじゃないか」

小林栄子が剛を見ている。

「松岡くん、変わらないね」

「何が」

「医師としては優しすぎる」

栄子の言葉に剛は苛立った。そういうことじゃあないんだ。医師として大勢の命を危険から守るため、常に冷静に合理的な判断をしなきゃいけないことくらいわかっている。わかっているけど、医師と患者、人と人が接するんだ。一人ひとりの顔を見て、人と人、血の通ったやり取りができなきゃ医者に意味なんてない。医者が助けるのは、どこまで行っても一人の人間なんだ。一人ひとりの人間を救ってこそ、はじめて全体が救えるんだ。

「ぼくはただ、一人ひとりの患者に人間として接するべきだと思っているだけだ。優しいとかそういうのは関係ない。医師として、それが最低限のモラルだと思うから――」

栄子が笑わずに言う。「やっぱり変わってない。松岡くんこそ、相変わらずよ」

「栄子は変わったわけだ。WHOのメディカルオフィサーになって、大勢の人たちを救いたいという望みをかなえた。そういうことか」

剛の口調もつい刺々しいものになった。栄子が剛から目を逸らして呟く。

「君の反対を押し切ってイギリスに行ったんだから、そういうことになるわね」

「医者になるのに場所なんか関係ない。ぼくはそう言っただけだ」

「でも、おかげでより多くの命を救う術(すべ)を学べた。だから、今、こうしてここにいるの」

「少数の人の心を犠牲にしてか？　大勢を救うためなら、多少の犠牲は必要悪だと？」

いつの間にか栄子と向き合っていた。栄子の目が、悲しみと微かな怒りの色を帯びている。

栄子が先に視線を逸らした。

「最初から無理だったのよ。君とわたしは、ちがう」

第3章　Phase6

Phase6：パンデミック期
　一般のヒト社会の中で感染が増加し、持続している。
目標：社会機能を維持させるため、パンデミックの影響（被害）を最小限に抑える。小康状態の間に、次の大流行（第2波）に向けて、これまでの対策の評価、見直し等を行う。

1

――2011年1月14日　東京都いずみ野市　いずみ野市立病院前　駐車場

　たった十日間で、市立病院は様変わりしていた。すでに院内は満員で、通路にまで簡易ベッドが設置され隙間なく患者が収容されている。それでも外来患者は絶えず、その診察を行う場所すら確保できなくなっていた。小林栄子の決断は早かった。感染研を通してすぐさま厚労省に申請し、新型インフルエンザに備えて都に配備されていた陰圧テントを取り寄せた。普段なら、入院患者を見舞いにくる家族と外来患者の車で埋まる駐車場が、白い無数のテントで埋められた。その一つひとつのテントに患者が行列を作る。ほとんどの人が無言だった。

　老若男女、何の分け隔てもなく、ウイルスはあらゆる人間を襲った。列にはもはや自力で歩くことのできない者から、頻りに重い咳を繰り返すだけで比較的軽症に見える者もいた。唯一共通しているのは誰もがマスクをしていることだ。感染を恐れての当然の行為であったが、数え切れないほど大勢の人間がみなマスクで顔を覆っている光景は異様だった。診察の列に並んでいた薄い青のマスクをした男が、感染した妻の肩を抱いてテントの奥に消えた。

剛は立ち並ぶ陰圧テントの中で、患者のトリアージ作業（災害医療での治療優先順序の選別）に当たっていた。陰圧テントは４×５メートルほどの奥行きを持ち、前室との二層構造になっている。そのスペースを利用して、患者が新型感染症の罹患者(りかんしゃ)であるかを判断し、その重篤度を測るのだ。

「帰れってどういうことだよ！　なんでおれたちの前にいた奴は入院できて家(うち)のはダメなんだよ！」

男のヒステリックな叫び声が剛の耳を打った。剛の補佐には看護師の三田多佳子が当たっている。外来でやってきた夫婦の妻は、件(くだん)の感染症に感染していた。だが、感染症にかかったからといって、すべての患者を入院させることなどできない。もはや人的にもスペース的にも、物理的に不可能なのだ。

「申し訳ありません。重症な患者さんを優先しております。まだ歩くことができる患者さんは、自宅での療養をお願いしています」

「自宅療養っつったって、いったいどうしろって言うんだよ！　見ろよ。こいつ、苦しそうだろ？　例の病気なんだよ。わかるだろ？　家に連れて帰ったって、おれ、こいつに何もしてやれないんだよ。なあ、わかるだろ？　頼むよ。入院させてやってくれよ」

三田多佳子は強い目で男を見つめた。男は開きかけた口を閉じて多佳子に向き合う。

「みなさん、思いはいっしょなんです。わかってください」

陰圧テントの中で行われているのは、診察という名の選別だった。途切れることなくやってくる患者たち。剛は患者を診断し、まず、その患者が新型感染症の患者であるかどうかを見極める。感染者であれば、今度は問診とバイタルサインからその重篤度を測る。重篤で急を要する治療が必要な場合は入院の手続きに進め、そうでない場合は新型感染症の感染者であっても、その患者は家に帰すよりなかった。もはや市立病院はパンク寸前であり、同情や感傷の入り込む余地はなくなっていた。

夫が妻の肩を抱いてテントを出て行く。二人は振り返らなかった。剛はその背中を無言で見送った。心が痛まないわけではないが、その痛みに慣れつつある自分が恐ろしかった。

「松岡先生。交代します」

研修医の小森が剛の肩を叩いてそう言った。状況が状況だ。研修医ながら、小森も外来を任されるようになっていた。

「うん」

剛は肯いて立ち上がる。院内に戻ろうと思った。小林栄子に相談したいこともある。

剛は陰圧テントから駐車場に足を踏み出した。はじめ、この光景を見たときは、「ここは日本か」と疑った。南方での第二次大戦の様子を描いた映画を観たことがある。その野戦病院の光景に似ていた。ただ、着ている服が軍服でないというだけだ。列に並ぶことができず、四つんばいになって嘔吐している少年がいた。吐き出される吐瀉物を列の人間が避ける。悲鳴は上がらず、列に並ぶ人間の目が、一瞬の怒りから、感染への恐怖へと色を変えるだけだった。四つんばいの少年の脇をすり抜けるように患者の列が進む。取り残された少年は顔を上げようとしなかった。消毒薬のタンクを背にした防護服の保健師たちが、患者たちの汚物を消毒して回っている。テントの物陰に泣いている少女がいた。おそらく嘔吐を堪え切れなかったのだろう。マスクが汚れ、彼女の白いブラウスにべったりと汚物がこびりついていた。母親だろうか。同じようにマスクをした女性が少女の服をハンカチで拭っている。母親の手が上下するたびに少女がしゃくり上げる。

仰向けにひっくり返っている子どももいた。ブレザーを着た中学生らしき少年がガクガクと痙攣を続けている。恐ろしいのは、それを見てもすぐに駆け寄る気になれないことだった。「助けたい」と願う気持ちは変わらない。だが、助けられない。順番を無視して手を出すことがパニックを招きかねないという懸念もあるが、それよりも何よりも強く、「どうしようもない」という思いが胸の奥から押し寄せてくる。ともするとその悪魔に呑み込まれそうになった。

もうどうしようもない。もう無理だ。

悪魔が喉の奥からせり上がってくるたびに、剛は自分の頰を強く張り、気力を奮い立たせた。安藤の顔を思い起こした。

院内に一歩踏み込むと、そこはまた別の地獄だった。あらゆる方向からうねりのような声が聞こえる。うめき声と叫び、それに怒りがミックスされた耳を塞ぎたくなる声が、間断なくサイレンのように響き続ける。剛は小林栄子を探し、院内を早足に進んだ。

栄子の金切り声を聞いたのは、処置室近くの通路を歩いているときだった。まだ赴任したばかりの看護師である柏村杏子の背中が見えた。その対面に栄子が立っていた。肩を震わせている。

「そうじゃない！　あなたわかってるの？　一つのミスが命取りになるのよ！　患者だけじゃない、あなた自身にとっても！」

栄子の叱責を受けて、若い柏村看護師は小さくなっている。どうやら採血の際に血液で汚染されたアルコール綿の処理が遅れ、しばらくの間机上に放置していたのを見つかったらしい。新人にありがちなミスだ。普段なら、「誰でも一度はやる」と笑い飛ばせる程度の誤り。その誤りを、今の過飽和状態の市立病院は呑み込めない。

　柏村看護師に叱責を続ける栄子の脇を、同じく看護師の鈴木蘭子が通り過ぎた。剛に向かって歩いてくる。すれ違うときに、鈴木蘭子は栄子からはっきりと顔を逸らした。眉を顰め、栄子の荒げた声を避けるように、体をねじって栄子を避けた。その仕草に気づいたのか、すれ違う瞬間に栄子が鈴木蘭子に目をやった。ほんの一瞬の間、ぶつかり合った視線が険悪だった。誰もがピリピリしている。張り詰めた神経の束が、朽ちかけたロープみたいに最後の一本の繊維でつながっているようだった。剛は栄子の背中に語りかける。

「小林先生、トリアージですがなんとかなりませんか。自宅療養では済まない患者が多すぎます」

　病院の収容人数を超えてから先、外来患者の〝入院・自宅療養〟の選別基準を厳しくせざるをえなくなった。剛の判断では入院を勧めたい患者であっても、物資とスペースがそれを許さなかった。今朝ほど搬入されたばかりの輸液や抗菌薬が早くも底をつき始めている。剛は栄子に支援物資と人員の追加を提言するつもりだった。状況が厳しいのはわかっている。だが、一人でも多くの人を助けるためだ。感染症対策の地域拠点として活動している病院なのだから、もっと追加支援を要求してもおかしくはないはずだ。ここは現場の第一線なのだ。

「応援の医師と薬剤を追加してもらいましょう。それで、近隣の土地に陰圧テントを並べて」

「無理よ」

「無理ってことはないでしょう？　都には備蓄のテントがまだあるはずだ。そうすれば、感染症の患者さんだけでもなんとか入院させることができると――」

「全員の入院は無理だって言ってるでしょう？　そんなことをすればこの病院のキャパシティーを一気に超えてしまう。入院させたって、まともな治療もできなくなるわ」

「だったら、せめてタミフルを患者全員に投与してください。患者さんたちの中で、優先順位が引かれているのが問題になっているんです」

「松岡くん。陰圧テントが一セットでいくらするか知ってる？」

「は？」

「タミフルの備蓄がこの国にどれだけあるか知ってる？」

「何を……。ぼくはただ」

「陰圧テントは一セットでだいたい千五百万円。新型インフルエンザの流行に備えて国が備蓄していたタミフルは約一千万人分。都道府県備蓄分と、すでに流通しているものを合わせても二千八百万人分しかないわ。日本に何人の人間がいるか、それくらいあなたも知ってるでしょ？」

栄子の声は冷たかった。剛は予想外の反応に驚きの表情を浮かべる。

「さっき、わたしも駐車場を見てきたわ。見ているだけで生きているのが嫌になるくらいひどい有様だった。だけどもう、この病院だけが特殊なんじゃないの。もうすぐ、この病院はどこにでもある病院の一つにすぎなくなるわ。それこそあっという間に」

「——小林先生？」

栄子が剛から目を逸らした。唇を嚙んで呟く。

「足りないの」

「は？」

「足りないのよすべてが！　医薬品を運ぶ運転手まで感染してる。治療をするにしても、まずは医師と社会機能維持者を優先するしかない。当然の処置でしょ？　それにね、君は大きな勘違いをしてるわ」

「……勘違い？」

「わからないの？　もっと現実を見なさい」

栄子はそう言い捨てると、剛に背中を見せ、足早に通路の奥に消えていった。立ち去る栄子の背中を視線で追いながら、剛はわけのわからない怒りと苛立ちにさいなまれた。現実なら嫌というほど見ている。人が次々に死んでいく。感染は広がるばかりで沈静に向かう気配もない。これ以上何があるっていうんだ。これ以上、どんな地獄が在り得るっていうんだ。

剛は苛立ち、通路の壁を拳で打った。そのまま頭を壁にぶつけて唇を噛む。自分の非力が憎かった。自分を頼り、助けを求めてやってくる者たちに何一つしてやることができない。患者に優しい言葉をかけてやることも、明るい未来を語って希望を持たせてやることもできない。おれはただ告げるだけだ。「感染症」「感染症です」「例の病気です」「残念ですが」。ただ詫びるだけだ。「申し訳ない」「今のところ、様子を見るよりほかには――」。自分は何だ？　おれは医者なんじゃないのか。「お大事に」。何がお大事に、だ。

廊下の奥から、鈴木蘭子の悲鳴のような声が聞こえてきた。

「タミフルを服用させても悪化してるんです！　タミフルが効かないんですよ！」

追いかけるように、看護師長の池畑実和の金切り声が重なった。

「個人差があるでしょ？　そんなことより向こうに回って！　手が足りないの！　何もかも、足りないのよ！」

剛は虚ろな目をして廊下に立ち尽くした。

1月14日、日本。感染者は988人、死亡者は382人にのぼっていた。

2

――2011年1月15日　東京都いずみ野市　神倉養鶏場

神倉養鶏場の警備には自衛隊員があたっていた。

「鳥インフルエンザ発生」の最初の報道から約二週間、防護服を着、警棒を携えた自衛隊員とけばけばしい原色の進入禁止柵に囲まれて、養鶏場は物々しい雰囲気に包まれていた。

松岡剛は小林栄子に付き添う形で養鶏場にやってきていた。大勢の人間がいるのに、にわかにはそれが信じられないほど静かだ。小林栄子は剛の前を初老の男性と並んで歩いている。会話の相手は島根畜産大の仁志教授だ。その後ろには、少し遅れて養鶏場の経営者である神倉章介の姿も見える。

一羽の鶏もいない鶏舎は、何もない空間よりなおからっぽに感じた。マスクのせいでにおいこそ伝わってこないが、鶏舎のあらゆる部分に消毒薬の痕跡が残っていた。きっと今この鶏舎は、生き物のにおいとはほど遠い、ひどく人工的なにおいが充満しているのだろう。がらんどうになったケージを眺めながら剛は思う。なんだか生き物だけを全滅させる爆弾でも落ちたみたいだ。たとえばそう、中性子爆弾みたいな悪魔の道具が――。

仁志の声ががらっぽの鶏舎にこだました。

「防護ネットは完全やし、外から野鳥がウイルスを運んできよったとはまぁ思えませんな。神倉さん、あんた、ほんまによう手入れしたはりますわ」

振り返った仁志の目が神倉章介に向いた。微かな笑みを浮かべている。神倉章介は仁志の笑顔を見ても、八の字にした眉をそのままに、ただ肯くだけだった。

栄子が仁志に問いかける。

「仁志先生、単刀直入にお聞きします。先生は、今広まっている感染症は、新型インフルエンザだとお考えですか」

その質問に、仁志はきょろりと栄子から視線をはずした。あらぬ方向に目を向けて、飄々とした態度で言う。

「ここの鶏に一番よう接触したはずの神倉さんは、感染してませんな」

「でしたら先生は……」

「私はね、ここの鶏がなんで感染したんかを調べに来ただけですわ。『なんで感染したのか』という答えやったら、ネズミか蠅か……、経路はまあ、いろいろ考えられます」

そうなのだ。確かにこの鶏舎では鳥インフルエンザが発生した。確かなのはそれだけで、それがすなわち、今、日本中を席巻している感染症とイコールとは限らない。感染予防研ではいまだに患者の検体からウイルスを発見できず、正式な発表もなされずにいるのだ。証明するものは何もない。

そこまで考えて、剛は口を開きかけた。

「つまり、仁志先生は……」

「申し訳ないです。申し訳ありません！」

剛の発言を遮って、神倉章介の叫ぶような声が鶏舎に響いた。剛は驚いて振り返る。

章介が腰を九十度に折って頭を下げていた。

「今回の件では、病院にも大きなご迷惑をおかけしました。申し訳ないです。許してください。申し訳ない。申し訳ないです」

頭を下げたまま繰り返す章介の声が耳に痛かった。剛は章介の背中に手をやって頭を上げるように伝える。いくらそう言っても章介の頭は上がらなかった。延々と上下運動を繰り返す水飲み鳥みたいに詫び続けている。

にわかに鶏舎の表が騒がしくなった。誰かに呼びかける研究官たちの声がここまで聞こえてきた。剛たちは慌てて鶏舎を飛び出した。防護服を着た研究官たちが、養鶏場の裏手にある小山を指差していた。剛たちを養鶏場まで運んできた運転手の田村もそこにいて、同じように小山を見つめている。

「どうしました」

仁志が研究官の一人に尋ねた。研究官は裏山の一点を指し示したまま答える。

「不審な人影が……。この辺り一帯は関係者以外完全に立ち入り禁止になっているというのに」

「おい！　誰だ！　出てこい！」

隣の一人が叫んだ。仁志は探るようにくるりと視線を回す。田村が妙に間延びした声で言った。

「妙な噂もあるんですよねー。今回の感染症騒ぎ、実はバイオテロなんじゃないかって」

田村の呟きを受けて、仁志がどこか緊迫感に欠けた口調で応じた。

「テロか。その線は考えてへんかったなあ。はは」

剛は裏山の広葉樹が立ち並ぶ斜面をじっと見つめていた。目の中を人影が走る。

「いた！」

駆け出していた。剛の背中を追うように小林栄子の短い叫びが響く。「松岡くん！」

田村と仁志が呆然と口を開いている。田村が急に慌てだした。踵を返して走り出す。

「警備の部隊に連絡します！」

剛の目は、樹間を走り抜ける人影をしっかりと捉えている。


コナラの木の肌をかするように、オレンジ色の防護服が見えた。疫学チームの薄い青の防護服とは明らかに異なる。剛は枯れ木を押し分けて不審者を追った。冬の雑木林の土は固く、駆けるたびに朽ちかけた枯葉が湿った擦過音を立てる。突然の侵入者に驚き、木々の間から野鳥の一群が飛び立った。野鳥が光を遮り、剛の顔に一瞬の日陰を作る。不審者のオレンジの防護服はかなり遠くを見え隠れしている。

剛は懸命に走った。オレンジの防護服が何者かはわからない。だが、防護服を着ているのだ。少なくとも何かを知ってる。ここが鳥インフルエンザの発生地であると知りながら、恐れもせずに近づいてきたのだ。何か目的を持ってやってきたはずだ。その目的を、知らなければならない。

オレンジの防護服が見えなくなった。剛は林を駆け抜ける。斜面を下ると急に視界が開けて山道に出た。砂利道に小型の４ＷＤ車が止まっている。

剛はあたりを見回すと、その小型車に歩み寄って車内を覗き込んだ。ナンバーは静岡、車内に人影はない。

「お前、誰だ」

背後に気配を感じたときには、頭に硬い棒状の物を押し付けられていた。一気に全身に緊張が走る。

「松岡、剛……。市立病院の医師です」

「調査メンバーじゃないのか」

男の妙に高い声が耳元で響いた。剛は肯く。

「違います」

言い終えると同時に、ドンと背中を押され、突き放されるようにして剛は解放された。振り返って男を確認する。ずいぶんと恰幅のいい男だった。防護服の隙間からは汗の浮いた顔と、その顔に合わない小さな眼鏡が見えた。「びっくりさせるなよ」。男は呟くと、棒状の物を路面に放り投げた。見れば、その辺りで拾ったらしい錆びの浮いた鉄の棒だ。剛の肩から力が抜ける。

「追いかけてくるんだもん。調査メンバーかと思うだろ？　見つかったら厄介なんだよ」

男は右手に野鳥の死骸をぶら下げていた。同じ手にビニール袋も見える。剛が見ている前で車のハッチを開けると、保冷箱を出してその中に野鳥とビニール袋を詰め込んだ。剛は男の仕草を訝しげに眺めていた。この男、何者なんだ。それがまるでわからない。

「有名じゃん？　あんたんとこ。感染症患者で大変なんだろ？」

急に馴れ馴れしい口調になって男が言った。

「で、どうなの実際？　その感染症さぁ、マジで新型インフルエンザなわけ？」

意外だった。思わず目が点になる。

「どういうことですか？　何か、知ってるんですか？」

剛の驚きに男は気をよくしたようだった。薄くニヤニヤと笑って剛を眺める。

「おれみたいな無名の研究者の話は誰も相手にしちゃくれない。ウイルス研究したくても検体すら手に入らない。そしたらどうするよ。自分の手で捕まえるしかないだろ？　腹ペコの犬みたいにバタバタと羽ばたきの真似をして見せた。男がまたニヤリと笑う。反応を確かめるように剛の顔を見る。剛は返答に詰まっていた。

「いまにウイルス・レースが起こるぞ。みんな、血眼になって一等賞を取りたがる」

男が剛に近づき、肩に触れた。それと同時にニヤリと笑ってみせる。

「な。お互い様だろ？　あんたはウイルスが見つからなくて困ってる。おれは研究したくてウズウズしてる。な？　ギブ・アンド・テイクってやつだ」

男の防護服の顔が目の前にあった。剛は反応に迷っていた。いったい何の利益があって、この男はこんな危険な真似をしているのだ。病気に感染するリスク、不審者として疑われるリスク、防護服も見たところ自分で調達したようだ。費用面でもばかにならないだろう。それなのにこの男はどうして。

男は保冷箱を手のひらでパンパンと叩いた。反応を確かめるように剛を見る。

「なあ、先生。まだ感染研は患者からウイルス見つけてないんだろ？　じゃなきゃとっくに公表してるもんな。あれだろ？　たぶんＨ５Ｎ１ウイルスじゃねえんだろ？　例の感染症」

答えられなかった。ただ、男の言ったことは、ここ数日剛が疑っていることと符合する。鳥インフルエンザに由来するＨ５Ｎ１ウイルスがこの感染症の病原体であるなら、すでに先例が何件もあるのだ。患者の検体からウイルスが見つからない方がおかしい。病院にやってくる患者たちの症状も、「新型インフルエンザ」と言われて素直には肯けないものばかりだ。高熱、激しい痙攣、体中の組織が融解するような、強烈な全身感染を伴った多臓器不全。あまりにも症状が激しすぎる。想定されていた新型インフルエンザの症状より、明らかに重い。

剛の顔の前に紙片がちらついた。男が指先で紙切れを振っている。

「これ名刺。おれ、鈴木浩介。今はまだ、無名の研究者だ」

言うと、鈴木浩介は再び顔中をねじまげて笑った。防護服の目の部分が内側から曇る。

「なあ、先生のところの検体おれに回せよ。同定してやるよ」

「こっちだ！」

鈴木浩介の声が途切れる前に、鋭い叫び声とともに大勢の足音が聞こえてきた。林の中からざわめきが近づく。田村が呼んだ警備隊が駆けつけてきたのだろう。鈴木浩介は保冷箱をトランクに投げ込むと、慌ててジープ型の小型車に乗り込んだ。窓から首を突き出して言う。

「その気になったら連絡してよ。いつでもいいからさ」

砂利を巻き上げてジープが走り出す。小さくなる車を目で追いながら、剛は一瞬の思いに囚(とら)われた。あの男、鈴木浩介と言っていたが、あれはいったい何者なのだ。個人的に今回の感染症を調べていると言っていた。そのためにこんなところまで一人でやってきて、野鳥を捕まえて分析を進めようとしている。剛は手首をさすった。最初に背後を取られたとき、鈴木浩介は剛の腕を背中にねじ上げた。身動きは取れなくなったが、明らかに加減していた。

林から自衛隊員たちが大勢飛び出してきた。みな、迷彩服に全身を包み、その顔はガスマスクに覆われている。一瞬にして輪のように囲まれた。全員が剛に銃口を向けている。

剛は思わず両手を掲げた。隊員たちの顔を見回しながら答える。

「取り逃がしました」

「今度の感染症は、新型インフルエンザじゃないんじゃないか」

病院へ向かう車中で剛は言った。助手席には小林栄子がいて、さっきからずっと物思いに耽っている。窓枠に肘をつき、窓の外を流れる景色を眺めている。

ずいぶんと間があって、栄子が思い出したように呟いた。

「どういうこと」

「最初の患者に接触したぼくや看護師は感染していない。院内感染が始まったのは、明らかに真鍋秀俊が二度目に病院に来たときからだ。安藤先生もそのときに感染した」

「そうね」

「少なくとも、発症後二日目からしか感染が始まっていないことになる。でも、ふつう、インフルエンザは発症の数日前からウイルスを排出しはじめるはずだろ？」

「そうね。その通りだわ。つまり？」

「今回の感染症は、新型インフルエンザじゃあない」

栄子が剛をじっと見つめた。剛は運転に集中するふりをして視線は前方に固定しながら、目の端で栄子の顔を見ていた。栄子の目元が少しだけ緩んだような気がした。

「少しは頭が働くようになったみたいね」

軽い調子で栄子が言った。ハンドルを握りながら剛は微笑む。

「ふざけるなよ」

「学生のころから全然成長してないんじゃないかって、ずーっと心配してたのよ」

栄子が笑った。メディカルオフィサーとして派遣されてからこちら、はじめて見る笑顔だった。学生時代は毎日見ていた笑顔。七年ぶりの笑顔だ。

「正直言うと、変わらない君を見て、ちょっと安心もしたけどね」

いつの間にか剛も笑っていた。声を上げて笑うでもなく、互いに求め合う男女の微笑みでもなく、こうしてただ笑いあうことがこんなにも心を軽くするとは。

――七年前と同じ笑顔だ。

その笑顔を忘れていなかったことが、剛には嬉しかった。

3

――2011年1月16日　東京都いずみ野市　いずみ野市立病院
「はっきりしたことが一つあります。この感染症の主症状は、重篤な肺炎、多臓器不全だということ。だけど、致死率が予想をはるかに超えた上、エボラに似た出血を伴う。変異を考慮しても、新型インフルエンザとは考えにくいわ」

　養鶏場の調査から戻ると、小林栄子は院内の主要スタッフを講堂に集めた。

「さっき、ネット会議でＷＨＯの担当官にも伝えた。各国のラボにも早急に伝えると言っていたわ」

　栄子がホワイトボードを叩く。ボードには、以前栄子が書いた箇条書きがそのまま残されていた。

『それは何か？』

『それは何をするのか？』

『それはどこから来たのか？』

『それをどう殺すのか？』

「ひとつ、謎（なぞ）が解けた」

　栄子がペンを取り、一つを選んで一息に直線を引いた。

~~『それは何をするのか？』~~

　見ていたスタッフたちが一斉に肯いた。剛も強く肯く。

「できることから進めなきゃ。次は、専従スタッフの人選ね。高山先生は？」

「巡回の時間だと言って出て行かれました」

「専従スタッフの人選はあの人に頼んであるのに」

言うなり栄子は部屋を出て行く。剛も後に続いた。高山医師が「小林栄子の監視は君に任せる」と言っていたのを思い出したからだ。もちろん栄子を監視するつもりなどない。だが、高山医師と栄子の関係がうまくいっていないのは火を見るよりも明らかだ。緩衝材として付き添うべきだと思った。

通路を歩く高山を見つけて、栄子が詰め寄って行く。速いテンポの足音がリノリウムの床を叩いた。高山医師が歩きながら振り返り、栄子ではなく、剛に憎々しげな視線を向けた。

「専従スタッフの人選、どうなってますか」

高山医師は立ち止まらない。早足で並びながら栄子と高山の会話が続く。

「明日までには」

「期限は今日の正午でしょう？　今の状況じゃ、一秒の遅れが人命を奪いかねない。人手が足りないんです。そちらでできないのなら、わたしが人選します」

高山が眉をピクリと震わせた。立ち止まって栄子を見る。唇を戦慄(わなな)かせている。

「あんたはそう言うが、わかるでしょう？　自身が死ぬかもしれない治療に好き好んで携わる人間なんていやしない。その役目をスタッフに割り振れって言ってるんだぞ。あんたは。私に」

「ではこちらで人選します。いいですね」

「……だから！」

苛立たしげな高山の声を、栄子の鋭い声が掻き消す。

「このままじゃ、この病院ごと沈没しますよ」

高山は黙り込んだ。通路で言い合う二人の脇を、看護師や医療スタッフたちがひっきりなしに通りすぎる。誰も声をかけてこなかった。誰もが無言だった。誰の顔も疲れていた。剛は気づいている。スタッフたちは心身ともに疲労がひどくもはや限界に近い。苛立ちも激しく、その苛立ちが向きを変えて、無理難題を吹っかけてくる突然の闖入者、小林栄子に向けられはじめていることに。

高山が栄子から顔を逸らし、通路中に響き渡るような舌打ちをした。その音を、剛は自分の頬を張られたように感じる。栄子の顔も歪んでいる。静寂の一瞬。

市立病院全体に、大きな亀裂が走っていた。

処置室には行列ができていた。まるでベルトコンベアのようにストレッチャーが並び、次々と患者が室内に運び込まれてくる。感染症患者は減らない。いくら治療を続けても感染者の数はねずみ算式に増えていく。医師も看護師も足りなかった。飛び交う声はそのほとんどが叫び声だ。

「次！」

宮坂は叫んだ。傍らの看護師が宮坂を新しい患者に引き合わせる。宮坂は患者の呼吸状態を確認しながら同時に問診表を見る。「呼吸困難の症状がある。ＩＣＵへ運んで。気管内挿管して人工呼吸器を」

「はい」

背後で別の若い看護師が、患者の横たわるベッドの前で右往左往していた。宮坂はその看護師を撥ね除けるようにして患者に駆け寄る。痙攣発作を起こしていた。

「セルシン10ミリ！　静注だ！」

「先生、先生、患者さんが……。急に痙攣を起こしはじめて」

「見りゃあわかる！　さっさと用意しなさい」

看護師は泣いていた。防護服の向こうの瞳が一瞬見開かれ、それが処置室の明るすぎる照明に光っていた。震える手が宮坂に注射器を渡す。

患者の痙攣が治まった。宮坂は患者の姿勢を側臥位にし、気道を確保してから看護師を振り返った。

「なぜすぐに医師を呼ばない！　死ぬところだったぞ」

その叱責の声に、看護師は涙をたたえた目で宮坂を睨み返した。小柄な体がプルプルと震えている。

「呼びました！　何度も、何度も呼びました！　だけど先生方みんな……」

宮坂は処置室内を見回した。広い処置室を患者のベッドが埋めている。その隙間隙間に点々と防護服が見える。立ち止まっている者など一人としていない。片桐が部屋を横切るように早足に歩いていた。防護服越しに見えるその顔が般若だ。叫び声が聞こえる。「注射針のリキャップは中止だと言っただろうが！」「先生！　先生、患者さんの血圧が」「さっさと処理しろ！　感染が広がる」「できません！」「喀血が」「やれ！」

首を回すと世界がぐるぐると歪みながら回転しているように見えた。

「感染症患者、新規に三名です」

処置室のドアが開き、新たなストレッチャーが三つの消えかけた命を運んできた。医師と看護師の背中に新しい三つの命がのしかかる。

宮坂の口から呟きが漏れた。

「もう無理だ。我々だけじゃ、無理だ！」

外の空気を吸いたいと思った。

交代の合間に、剛は屋上に上がった。すっかり日が落ちて屋上は普段よりもずいぶんと殺風景に見えた。大きく伸びをして胸をそらす。防護服を脱ぐと体が軽かった。マスク越しでない冷えた空気が剛の肺を洗う。空が見えた。

星はなく、月も見えない。厚い雲が空のほとんどを覆っていた。

——一雨きそうだ。

雨がウイルスを洗い流してくれないだろうか。そんなことを考えている自分に苦笑した。とんでもなく激しい雨が降って、この地表をそっくり洗い清めてくれればいい。そうすればこの悪魔の感染症も大人しくなるのではないか。そう、聖書にある箱舟のように——。

剛は欄干に近づいた。町の明かりが見える。人々の生活の証拠が、小さないくつもの明かりになって眼下に輝いている。

——あるいはこの病気こそ、二千年紀の箱舟か。

剛は首を振った。自分の頬を両の手のひらで叩く。何を考えているんだおれは。手の届くところにこんなに大勢の人がいるんだ。みんな生きてる。たくさんの人間が、こうして今も生きているっていうのに。

負けるわけにはいかないんだ。

声が聞こえてきたのはそのときだった。

「日本はね、ジュネーブより八時間進んでるの」

英語だった。剛は声の向きに振り返る。

小林栄子がそこにいた。屋上、給水タンクの片隅で、携帯電話を握って栄子が誰かと会話していた。

「だから、今何時かな」

そう言う栄子の口元が優しげに緩んでいた。相手の返答を受けて栄子が小さく肯く。

「そう、当たり。よくできました」

目を細めている。剛に気づいたらしく、栄子の視線がこちらを向いた。剛は無言で立ち尽くしていた。

「ママがいなくても、ちゃんとおばさんの言うこと聞くのよ。そう、いい子ね」

栄子の声が優しかった。剛はじっと栄子を見つめる。口元を緩めたまま、栄子は剛に目を向けている。

「大丈夫、心配しないで。必ず帰るから」

栄子は最後にそう言った。通話を終え、携帯電話をたたみながら剛に向き直る。剛は言葉に詰まっていた。

「立ち聞き？　悪趣味よ」

思わず尋ねていた。

「結婚……、したのか」

栄子の目が剛の瞳を正面から捉えた。じっと見つめてから無言で財布を取り出す。一枚の写真を抜き出した。

赤褐色の建物を背中に、短い髪をした南スラブ系の少年が笑っていた。

「この子と話してた」

「……この子は」

大粒の雨が降り出した。ボツボツと肩に水滴が弾(はじ)ける。

「クロアチアの難民施設で出会ったの」

栄子の目が写真に落ちている。剛は栄子の言葉を待った。

「難民施設はひどく劣悪な環境だった。みんな、絶望を絵に描(か)いたような目をしていたわ。でもね、そんな中で、彼はいつも眼(め)を輝かせてたの。ほんと、不思議なくらいよく笑ってたわ。彼と接する人間は元気をもらえるの」

栄子の顔にも雨粒が落ちる。雨がコンクリを叩く音のなか、二人は向き合って立っていた。栄子はなおも続ける。

「すごく綺麗な笑顔でしょ？　わたしが彼から最初にもらったプレゼントがこの笑顔。この写真は、わたしが彼にはじめて会ったときに撮ったものなの。困っている人たちを救うために医療活動に出向いたわたしまで、彼のこの笑顔に何度救われたかわからない」

栄子の目は写真の少年に注がれている。その目が限りなく優しかった。

「でも、しばらくすると紛争が悪化して、活動を半ばにわたしたちは引き上げざるを得なくなってしまった」

栄子が強い目で剛を見た。瞳の奥深くにちらちらと悲しみの炎が揺らいでいる。

「この子だけは助けたいって思った。それでね、引き上げるとき、連れて帰ったの。何千人も見捨てて、わたし、彼だけを助けたの」

語尾が震えていた。剛は栄子を直視できなかった。応じる言葉が荒く、短くなった。

「そんな言い方、やめろ」

「今ね、彼に言われたわ。『日本がなくなるって本当か』『栄子はそこで何をしてるのか』って。わたし、どっちにも、何も答えられなかった」

栄子が剛を見つめた。その瞳が濡れていた。

「ほんと、何やってるんだろ、わたし。何にもできてないよね。ＷＨＯからやってきたメディカルオフィサーだなんて言って、みんなに偉そうに指図だけして、それで何一つ結果を出せてないんだもの。あのときと同じ。クロアチアで彼だけを助けたときと同じ。わたし、何の役にも立ってない。わたし、誰も、助けられない」

栄子の目の下に、ひとすじの雫が伝い落ちた。雨に濡れた黒髪が頬に張り付いていた。剛は天を仰ぐ。額を頬を、いくつもの雨粒が叩いた。閉じた目蓋に雨粒が弾けた。

「松岡くん……？」

栄子がそう問いかけても、剛は雨を受けたまま立ち尽くしていた。スコールのような大粒の雨が容赦なく白衣を濡らす。栄子が寒そうに襟をかき合わせて、剛を促した。

「戻りましょう。こんな大事なときに、医者が風邪なんかひくわけにはいかないもの」

剛は動かなかった。動けなかった。言いたいことが喉まで出掛かっている。栄子に伝えたいこと。こうして雨に打たれていると、それが思い出せそうな気がする。

「いや……、いい言葉があるんだ。君がここでしていること……、そのいい答えがあるんだ……」

動こうとしない剛の腕を栄子が引いた。出入り口の軒先に引き込んでハンカチを手渡す。その手と手が触れ合った。

一瞬の間、二人は見つめ合った。

「もう行かなきゃ」

剛の目を見つめたまま、栄子が呟いた。その目を剛も見つめ返す。

栄子の呼吸がすぐ近くに聞こえる。

「栄子に……、一つ頼みがあるんだ。ぼく自身も、自分がそうありたいと願っていることだ」

栄子が剛を見上げた。言葉の続きを待っている。

「みんなを……、この病院の医師や看護師を信じてやってほしい」

「…………」

「みんな、命を救いたいと思ってる。思いはいっしょなんだ」

栄子の口が開きかけた。声はない。

ただ雨音だけが、子どもがでたらめに打つスネアドラムの響きのように、バラバラとコンクリを叩いていた。

4

——2011年1月17日　早朝　東京都いずみ野市　いずみ野市立病院

すべての医療スタッフが集まると、広い講堂がほとんど人で埋まった。看護師も、薬剤師も、医師もいる。小森をはじめとした研修医の姿もある。小林栄子がうつむき加減に講壇に向かった。厳しい顔を持ち上げてみなを見渡す。

「これから、感染症治療専従スタッフの人選を行っていきます」

その言葉に緊張が走った。スタッフの誰もが怯えていた。感染症の恐怖はみな身に染みてわかっている。病院中が阿鼻叫喚の地獄なのだ。一歩間違えば自らが感染する恐れだってある。信じられないほど身近に死が口を開けて待っている。こちらから手を伸ばさなくても、知らぬ間に向こうから忍び寄ってくる。専従スタッフにされれば、その恐怖から逃れるすべがなくなる。ありていに言えば、自らの身を挺して患者に尽くせと言われているようなものだ。死ね、と命令されるようなものだ。

スタッフたちを見回していた栄子が口を開いた。みなの思いが手に取るようだった。

自分以外の誰かが指名されることをひたすらに祈っている。栄子の視線は白羽の矢だ。その矢が自分をすり抜けて、別の誰かに突き立つことを願っている。

「協力してくださる方は、手を挙げてください」

講堂がざわついた。目を閉じ、腕を組んで聞いていた高山医師の眉がピクリと動く。

「スタッフの人選は、自薦にします」

ざわつきが戸惑いの声に変わった。隣同士、互いに顔を見合わせて言葉の真意を測っている。

剛にとっても意外な提案だった。スタッフの人選を任された高山医師が散々その決断を渋ったのは、自薦では誰の手も挙がらないとわかっていたからだ。だから人選のためには、任命者が矢面に立ち、選ばれたものの恨みを一身に背負う覚悟で指名するしかない。スタッフの誰もがそう思っていた。剛ですら、任命者に必要なのは非難と怨(うら)みの目に耐える強靭(きょうじん)さだと思っていた。

「ご承知のとおり、肉体的にも精神的にもかなりの負担がかかります。それに、専従スタッフになれば、家庭を持っている人であってもここに寝泊りすることになるでしょう。そしてなにより、みなさんが感染する危険性も多分にあります。感染しない保障などできません。でも……」

栄子の視線は揺らぐことなくスタッフたちを捉えていた。誰もがその目に惹き込まれて息を呑んだ。言葉を待つ。今の小林栄子には壁を感じない。発する言葉の一つひとつが、誠心誠意、心の奥底から生のままに湧いているものだとわかる。栄子の願いが伝わる。

「みなさんの協力なしでは、患者を救うことができないんです。お願いします。力を貸してください」

小林栄子はスタッフたちに向かって深々と頭を下げた。そのまま顔を上げようとしない。

ざわつきが消えて、静寂が残った。周りの反応を窺っているものなど一人もいない。誰もが自分と対話していた。この感染症騒ぎが始まって以来、はじめてじっくりと自分自身の心と対話ができた。

音のない空間。大勢のスタッフの中から、一本の白く細い腕がするすると伸びた。柏村杏子だった。

栄子はまだ頭を上げない。もう一つ、腕が伸びてきた。太く短い逞しい腕がまっすぐに天を示す。看護師長の池畑実和だった。白衣の腕が伸びる。ほんの数日前はなんとも頼りなげだったその目が、今は決意に固まっている。研修医の小森幹夫だ。

頭を下げたままの栄子には見えないだろう。誰も声を発することなく、衣擦れの音だけを残して次々と腕が挙がった。椅子が床を擦る音。無数の決意と覚悟の芽が、天井に向かってするすると伸びていく。

鈴木蘭子が手を挙げた。講堂に集まったスタッフたち、その実に八割ほどが自らの意思で専従スタッフに志願した。剛はそれを驚愕の思いで見ていた。誰の顔も疲労の色は濃い。濃いが、たった数分前と明らかに目の色が違った。迷いがふっきれた顔をしていた。

剛はまっすぐに講壇を向くと、まだ頭を下げたままの栄子を見つめた。願いを込めて、自身も力強く腕を挙げる。

高山医師の隣にいた職員が人数を数えた。栄子がゆっくりと頭を上げる。

「……みなさん」

「医師、二十三名。看護師、五十四名です」

高山医師が腕を組んだまま「うむ」と肯いた。その目は挙手を続けるスタッフたちをまっすぐに見ている。「二十四名だ。私も専従スタッフに志願する」

栄子の視線がゆっくりと講堂を巡った。壇に伸びた両腕が小刻みに震えている。

「みなさん……。よろしくお願いします」

一拍の間があった。

「よろしくお願いします」

一糸乱れぬスタッフたちの唱和が響いた。その声に講堂がビリビリと震える。剛は何度も目をしばたたいていた。

——人を信じるっていうのは、こういうことなんじゃないのか。

自戒を込めて、剛は希望とともにそう思った。

5

——2011年1月18日　東京都いずみ野市　いずみ野市立病院

「いま帰るわけにはいけん。患者さんが大勢つめかけてきとるけん」

携帯電話から聞こえてきたのは、不安に押しつぶされそうになっている母親の声だった。交代ごとに与えられる短い休憩時間、剛は屋上に続く階段の前で、壁に背中をくっつけて母と話していた。

母の声はすでに涙混じりだ。

「わかっとる。そばにいてやれんのは悪かと思うとる。よかね。おかあちゃんのところは人が少ないけん、病気もなかなかやってこん。大勢の人がおる場所はできるだけ行かんようにせんと。マスクもせんといかんよ。いんじゃ。風邪のときの薄いやつじゃのうて、花粉症の人がしとるような、口と鼻をすっぽり覆うやつじゃ。ええね」

電話口で何度も肯いているのだろう。相槌のたびに声が遠ざかり近づく。

母の不安が心に痛かった。電話をかけてきたのは母親のほうだ。そして第一声は、「剛、あんたはお医者じゃけん。病気の人にもずんばい会うじゃろ？　あんた、病気ば大丈夫か」だった。母の不安は母自身のことではない。剛の身を案じるがあまりの涙なのだ。「ほんなごて大丈夫か」。母が繰り返す。

「わかっとる。わかっとるよ。おれ、医者やけん。大丈夫じゃ」

目を閉じれば顔が浮かぶ。心配ばかりかけている。最後に見た母の顔はどうだったろう。やっぱり泣いていたような気がする。研修を終えて数週間帰省し、東京に戻るときの新幹線のホームだ。まるで永劫の別れみたいに顔をぐしゃぐしゃにして泣いていた。思い浮かぶのは泣き顔ばかりだ。

「おかあちゃんも気ぃつけんといかん。ああ。大丈夫。ちゃんと持っとる」

剛は白衣の上から、内ポケットのお守りに軽く触れた。上京する際に、母親が持たせてくれた安全祈願のお守りだ。

「松岡先生。休憩中にすみません」

看護師の声で現実に引き戻された。剛は声の向きに走り出す。携帯電話の向こうで、母は声を殺して泣いている。剛はその涙を胸に刻んだ。この涙はおれのための涙だ。

「呼ばれたけん。切るよ。大丈夫じゃ。人間は病気なんかに負けたりせん」

母親の返事は返ってこなかった。感染症はいよいよ九州地区にまで広がった。

「どこ？」

携帯を畳み、ポケットに突っ込んで走る。看護師が額に汗を光らせて、処置室を指差した。

——広島県　広島市大手町

元安川にかかる橋を救急車が走りぬけた。患者を収容する際にできた人垣はまだ崩れずにいた。つい先ほど、橋の上を歩いていた男性が突然倒れ全身を痙攣させて血を吐いた。近くを歩いていた茶髪の青年が駆け寄って男性を抱え起こし呼びかけを続けた。咄嗟の判断だった。すぐに救急車が呼ばれ、間をおかず到着した救急隊員が全身をすっぽりと包む防護服だったことで人々は我に返った。ただの病気ではない。これは例の原因不明の伝染病だ。男性を抱えていた茶髪の青年が、瞳に戸惑いの色を浮かべたまま救急隊員に男性を引き渡した。シャツの襟元に男性の血がついていた。

救急車が去り、青年は立ち上がってあたりを見回す。人垣はその半径を広げ、今度は青年を遠巻きに眺めていた。青年の襟元に赤い斑点。青年がふらりと前に踏み出すと、その分だけ半円が広がる。

「例の病気だ」

「感染症」

「うつる」

「うつるぞ」

小さなささやきが聞こえてくる。青年は歩き出せない。

——大阪府　心斎橋

平日の昼間でも戎橋界隈はにぎわう。グリコ社のネオンを背中に、橋の入り口で彼女は広告入りのティッシュを配っていた。ひっきりなしに人が通り過ぎる。昼時、中には道頓堀に下りて、たこ焼きやお好み焼きなどの粉ものをつつくカップルの姿も見えた。

彼女は機械的にティッシュを差し出す。通り過ぎようとする男の腕が、差し出した彼女の右手に伸びた。「ありがとうございます」。反射的にそう言ったら、男の手のひらが彼女の腕をガッシと摑んだ。

「なに?」

彼女は驚き、男の顔を凝視した。男の両目が全開に開いている。真っ赤だった。

「ヒッ」

悲鳴をあげることもできなかった。男が彼女の右腕を握ったたままぐらりと体を傾がせる。そのまま彼女に伸し掛かるように倒れこんだ。

悲鳴が上がった。叫んだのは彼女ではない。橋を行く人々だ。

「感染者だ!」

「近づくな、うつるぞ」

「見ぃ。血や。血ぃ吐いとる」

「逃げろ」

一瞬にしてパニックが起こった。彼女は呆然としたまま男の体を抱きとめていた。

男の顔が自分の肩に乗っかっている。気持ち悪いはずなのに撥ね除けられなかった。
だってこの人の体、ふつうにあったかいんだ。
生きてるんだ。

――厚生労働省　感染症情報管理室

「新型インフルエンザ国内発生指針案に準じて対策を行うことが閣議で決定した！　七十二時間以内に『地域封じ込め』を行う！　すでに発生ずみの地区も同様！　以上」
古河が叫ぶようにして伝えた。職員たちが一斉に関係各部署への通達作業に入る。一人の職員が壁に吊るされたボードに目をやった。
感染はすでに、関西、中国、九州まで広がっている。刻一刻と、更新作業のたびにボードの数字が飛躍的に増えていく。
感染者３０２８人
死亡者１１３７人
止まらない。

――東京都　いずみ野市

いずみ野市内のいたるところに自衛隊車両が見えた。上空には自衛隊のヘリと報道各局のヘリが旋回している。あらゆる場所でクラクションが鳴っていた。

中継のテレビクルーが叫ぶように伝える。

「この地域は非常事態宣言を受け、監視体制下に置かれました。感染症の患者が発生した場合はすみやかに連絡し、また不急の集会は避け、自宅から出ないよう通達が出されています」

家財道具を積んだ車が延々と列(つら)なり、まるで先の見えない大渋滞を作っていた。上空の自衛隊のヘリから、拡声器越しに怒号のようなアナウンスが響く。

「非常事態宣言により、急務でない移動は禁止されています。また、感染の恐れのある人の外出は禁止されています。至急、自宅に戻ってください」

ヘリは渋滞をなぞるように旋回を続ける。大渋滞の中、一台の車から少年が顔を出した。眩(まぶ)しそうにヘリを見上げ、それから車内に頭を引っ込めた。少年は後部座席から、運転席の父と助手席の母に目をやる。

「大丈夫。おばあちゃんちには食べ物もたくさんあるし、人も少ないから病気もうつらないわよ。大丈夫。もう心配ないからね」

まだ幼い妹をその膝に抱きながら、本橋研一は母の言葉を虚ろに聞いていた。母の言葉はまるで自らに言い聞かせているみたいだ。研一は携帯を摑んだ。着信を告げるランプがちかちか明滅している。携帯を開くと発信元の名前が表示された。また光った。

神倉がおれを呼んでる。


神倉茜は、ほとんど無人となった町を走っていた。自転車のペダルを回すたびに、そのタイヤがガタガタと揺らぐ。町は荒れていた。商店は軒並みシャッターを下ろし、いたるところに割れた看板や破れたゴミ袋、もとが何だったのかわからないプラスチックの破片が転がっていた。茜は路地裏から抜け出し大通りに出る。視界が開けた。

町の荒廃は変わらなかった。

ドリームワールドに行くと約束した。町はこんなになってしまったけど、あたしは研ちゃんと約束した。

「いっぱい思い出作ろうね」

そう言ったら研ちゃんは笑っていた。約束したんだ。だから研ちゃんはここに来る。「閉鎖中」の看板を無視し、茜はドリームワールドの外壁をよじ登った。必死だった。自分がどうしてこんなに必死になっているのかわからない。ドリームワールドに行かなきゃいけない。それは茜にとって、自分と研一の繋がりを確認するための儀式だった。

あたしが約束を守れば研ちゃんも約束を守る。ドリームワールドに行けば研ちゃんに会える。ひたすらにそう思っていた。あたしと研ちゃんが、確かに繋がっているって確かめられる。

壁から飛び降りると砂埃が舞った。無人の、音のない遊園地が眼前に広がる。

「うわあ」

荒れ果てていたけれど、素敵だと思った。まるで休園日にこっそりと忍び込んだみたいだ。極彩色の遊具が人待ち顔に佇んでいる。

茜の携帯が鳴り出した。茜は表情を明るくしてそれに出る。研一からだった。

「もしもし？　研ちゃん、すごいよ。誰もいない遊園地なんてあたしはじめて」

「そっか」

「研ちゃんも早くおいでよ」

茜はメリーゴーラウンドに向かって駆け出した。気分がはしゃいでいる。王冠を被った白馬にまたがれば、研一と会話するのにピッタリの椅子になると思った。

「いまどこ？　いつごろ来られるの？」

「うん。あのな……」

「うん」

「ごめん。そっち行けない」

「え」

「行けなくなった」

予想外の返事に茜の顔が一挙に曇った。茜の心を支えていた細くはかないものがポキリと折れる。

「……どうして」

茜の心に、教室でクラスメイトたちが見せた異物排除の目、犯人を見る目が蘇る。

「新潟のばあちゃんちに避難っていうか、家族で……」

携帯の向こうから、研一の父親らしき男の声が漏れ聞こえてきた。

〈なんなんだこの渋滞は！　さっきから一メートルだって進まないじゃないか！〉

続いて聞こえてきたのは母親の声だ。

〈しかたないわよ。みんなが同じ思いをしてるんだもの〉

〈お前たち家族を連れて、犬死にするわけにいくか！〉

父の声に続いて研一が叫んだ。

「父さん！　何する気？　そっちは川原だ！」

激しい衝突音が連続して聞こえた。ブレーキの軋み、

〈このまま河川敷を行って検問を突破する。しっかり摑まってるんだぞ！　お前たち〉

そこで通話が途切れた。

茜は呆然と携帯電話を耳に当てていた。そのままどれだけじっとしていたかわからない。腕に痺れを覚えたころ、自分がいつの間にか泣いていることに気がついた。白いスラックスの膝にポタポタと涙が滴り灰色の水玉を作っていた。茜は強く一度瞬いて立ち上がった。

ドリームワールドを出ると、全力で自転車を漕いだ。何も考えたくない。考えたくないから全力で走ることしかできなかった。びょうびょうと冬の風が茜の頬を引っかいた。どこに向かっているのかもわからなかった。

胸のなかに言葉が溢れていた。

どうして？　研ちゃんどうして？　新潟に行くって言ってた。そんなのあたしはじめて聞いた。どうして言ってくれなかったの？　言ったらあたしが邪魔するとでも思ったの？　あたしはただ研ちゃんに会いたかっただけだ。ただそれだけなのに、どうして研ちゃんは——。

再び携帯に着信があった。茜は自転車を放り出して携帯を開く。急き込むように言った。

「研ちゃん？」

「……茜か？」

父だった。荒い息のまま、茜は携帯を耳に押し付ける。

「なあ、茜。昔三人で遊園地行ったよな。たしか……、ドリームワールドだったっけな？　ほら、かあさんが元気だったころだ」

「お父さん？」

「お前、ずいぶんはしゃいでいたよなぁ。ソフトクリームを一つ食べたのに、『もう一つ欲しい』なんてワガママ言うもんだから、かあさんがさ、お前のこと叱ったよな」

「お父さん、どうしたの？」

「でも、結局おれが根負けして、お前にもう一つ買ってやったんだ。そしたらお前、嬉しそぉに笑って、それをかあさんに『はい』ってプレゼントしてやったよな。『お母さん、アイス好きでしょ』って、お前、言ってたよな」

父の声の背後から、ひっきりなしに鳴り続ける電話のベルが聞こえた。父の携帯は雑音が混じり今にも途切れそうだ。

「かあさん、喜んでたなぁ。茜が優しい子に育ってくれて、ほんとうに嬉しいって」

何を言えばいいのかわからなかった。

「いまな、そのときに撮った写真を見てるんだ。幸せだったよなぁ。おれたち、幸せだった」

「……お父さん」

「茜」

「うん？」

「ありがとうな」

ブツリと回線が切れた。

「お父さん？」

茜の額に汗が浮かんだ。茜は自転車を起こすと、実家に向かって走り出した。

6

——2011年1月18日　東京都いずみ野市

食料品を買い求める人々で、スーパーはごった返していた。誰もが我先に、缶詰にミネラルウォーター、インスタント食品をカゴに放り込む。誰の目も血走っていた。大柄の中年男性が他の客に肩からぶつかって棚の商品を鷲（わし）づかみにする。押しのけられた女性は体勢を崩すが、大勢の人垣が支えになって倒れなかった。斜めに傾いだまま鬼の形相で男を睨みつける。

誰もが隣の人間を憎んでいた。一秒ごとに、目の前で商品がなくなっていく。中には、すでに誰かのカゴに収められた商品をそのまま自分のカゴに移し変える者もあった。

レジスターはほとんど意味をなしていなかった。数人の店員がレジに立ち、呆然とした目を、餌時（えさどき）の生簀（いけす）のように混乱した店内に向けていた。店員たちはすでに労働意欲をなくしている。なぜなら彼らを統括するはずの店長が今、食品の棚の前で、大声で喚きながらユニフォームの前掛けにインスタントラーメンを放り込んでいるからだ。三十代半ばの店長は白い帽子を被っている。その帽子が人混みのなかを揺れる。店長が店の入り口近くにある缶詰のコーナーに向かった。人の波がそれを追って向きを変え、津波のように押し寄せる。人波に背中を押され、店長が床に倒れた。前掛けからラーメンが飛び散って人々の足がバリバリそれを踏み砕いた。床に転がった店長は腕を伸ばす。大きく口を開いて何かを叫びながら、伸ばした腕で缶詰の塔に触れる。缶が崩れる。店長の腕が人々の足の裏でへし折られる。叫び声。誰かの爪先に蹴飛ばされた数個の缶が、人々の足の間を縫い、店外に転がり出た。ぐわんぐわん揺れながら缶は転がり、店先の傘立てにぶつかって、パッケージの輪切りのパイナップルが凹んだ。幼い少女の手が伸びてその缶を拾い上げる。

「パパ。パイナップル」

三田英輔は、娘の手の中の缶詰をゆっくりと見下ろした。

昼にテレビニュースで〝いずみ野市封鎖〟の報を聞いて、娘の舞を連れて食料品の買出しに来てみたらすでにこの有様だった。多少は予測もしていたが、ここまでの修羅場になっていようとは思いもしなかった。

店内からは悲鳴と怒声が繰り返し聞こえてくる。

「パパ？　これ落ちてたよ」

　五歳になったばかりの娘は無邪気だ。パイナップルの缶を握り締め、嬉しそうにそれを英輔に見せる。英輔は微笑みながら娘に言って聞かせた。

「うん。でもそれはお店の物だからね。お店に返そう」

「もらっちゃいけないの？」

「うん。舞はいい子だろう？　お店の人に返してあげなきゃ」

「うん。わかった」

　英輔は舞の手を取って、店に向かって一歩踏み出した。おそらくこの様子では真っ当な買い物などできないだろう。だが、それでも店に入るよりなかった。食料や水は支給されるとテレビは言っていた。言っていたが、それを真に受けて家でじっと配給を待っている者などほとんどいないはずだ。このスーパーがそれを証明している。町はひどく荒れはじめている。治安は悪化の一途を辿るだろう。考えたくはないことだが、きっと、いや、すでに、暴徒化し商店を襲う者たちも現れているのではないか。

目の前、ウインドウ越しに見える店内は棚が倒され商品が散乱している。

　突然、スーパー正面のドアガラスが大きな音とともに砕け散った。ガラスの破片を振り撒きながら、スーツ姿の男が内側からガラスを突き破って店の外に転がる。ドアガラスを失い、店内の怒号のような喧騒が直接英輔たちの耳をつんざいた。舞がぎゅっと身を縮めて英輔の手を握り締めた。そのまま背中に回って、英輔の太目の体におでこを押し付ける。

「大丈夫。大丈夫だぞ。怖くなんかないから」

英輔は背中の娘を腕で抱いて守りながら、自分と娘に向かってそう言った。そのまま振り返って娘の顔を覗き込む。睫毛がフルフルと震えていた。怯えている。

「舞、行こうか」

この場を離れるよりなかった。喧騒は止みそうにない。パニック状態の店内に幼い子どもを入れるわけにはいかないし、こんな状況で娘一人を待たせておくこともできない。

英輔は舞の背中を押して歩き出した。ポケットから携帯電話を取り出す。

画面を開くと魔法のような音が鳴った。

「ほら、舞。ママにお手紙だそう。ママに何て書こうか」

娘は怯えたままの目を英輔に向けた。英輔は微笑む。

「ママはね、今も病院でたくさんの人たちを助けるために頑張ってる。パパと舞で応援してあげようね」

舞がコクリと肯き、小さな口を動かし始めた。英輔は娘の一言ひとことをメールに書き留める。

「……パパは会社がお休みです。舞の幼稚園もお休みだけど、パパといっしょなのでうれしいです」

そこで口ごもった。人差し指を顎に当てて考え込む。

「ええと……。だからママもがんばって」

英輔はその言葉を写し取り、送信ボタンを押すだけにして娘に手渡した。

「はい。じゃあ、魔法の手紙をママに出して」

「うん」

やっと微笑みを浮かべて、舞が送信ボタンを押す。期待を込めたキラキラした目で英輔を見上げた。英輔は娘の目を見て悲しくなる。母親に会えない寂しさを、この子はこの子なりに必死で堪えている。見ているこっちが胸を締めつけられるくらい、泣きもせず喚きもせずに我慢している。泣けばパパとママが困るのを知っているからだ。

英輔は娘に微笑みかけてから、その手を取って歩きだした。看護師として市立病院で働く三田多佳子は多忙だ。かれこれ一週間近く、病院に詰めっぱなしで帰宅もできずにいる。人の命を救う大切な仕事だとわかってはいても、多佳子の身を案じる英輔と娘は寂しかった。不安だった。

「あ！　パパ。ママからお返事きたよ」

舞が携帯電話を小さな手に摑んで掲げて見せた。笑顔のウサギの絵文字が文末でピコピコ跳ねている。

『元気でた。ありがとう。ママ』

舞が笑う。英輔はどこか悲しげに目を細めてその笑顔を眺めた。

この子の笑顔を守らなきゃいけない。

そう思った。


緩衝室に入ると、三田多佳子は防護服を脱いで、ほつれた髪を手櫛で整えた。全身を覆う防護服はひどく蒸す。額に浮いた汗を拭いていたら、携帯電話にメールの着信があった。多佳子は携帯を開き、画面を見て優しく微笑む。多佳子の指先が動く。

『元気でた。ありがとう。ママ』

携帯画面を見つめていたら、いつの間にか後ろに看護師長の池畑実和が立っていた。がっしりとした体を揺らして多佳子に笑いかける。

「娘さん、いくつになったのかしら」

携帯の画面では娘の舞が笑っている。赤いフード付のコートを着てブランコに乗り、夫に背中を支えられて笑っている。何でもない日曜の光景。日常だった笑顔。

「五つです。もう幼稚園に通い始めました。ついこないだまで赤ちゃんだったのに」

「子どもはあっという間に大きくなるからねぇ」

実和が頬を盛り上げて笑った。つられて多佳子も微笑む。

「こんな状況だからなかなか会えないですけど、主人が写真を撮って送ってくれるんです。今日も元気だよって」

携帯を操作していた多佳子が急に声の調子を上げた。顔中で笑いながら実和に肩を寄せる。「ほらこれ。娘が描いてくれたんです」

画面には、画用紙にクレヨンで描かれた絵が映っている。辛うじて白衣を着ているのがわかる。赤いクレヨンで「ママ　がんばって」。目の大きな女の人が笑っている。

「寂しい思いさせてるな。わたし」

その絵を見ながら多佳子は呟いた。実和の手が、多佳子の肩にそっと置かれる。

「大丈夫。きっとすぐに帰れるようになる」

「ええ」

「大丈夫。人は感染症なんかに負けたりしない」

小林栄子と剛は処置室にいた。二人目の発症者となった真鍋麻美に、はっきりとした回復の兆しが見えてきたからだ。

「よかった。ずいぶん回復されてます」

剛は麻美に笑いかけた。真鍋麻美が力ない笑みを浮かべる。

栄子が嚙んで含めるようにゆっくりと問いかけた。

「この前の続きを聞かせてください。ここ一か月で海外旅行のご経験は」

先日のように、返答そのものを拒む様子は見えなかった。「……ありません」。麻美がゆっくりと首を横に振る。

「では、帰国者との接触はありませんでしたか」

栄子の声も落ち着いていた。剛は思う。ついこの間まで、栄子は何でも自分でこなそうと必死になっていた。背負い込むものが重過ぎて、張り詰めた神経が質問の声を尖らせていた。だから麻美も栄子の質問を嫌ったのだ。だが、今は違う。

患者がひしめき、医師が走り回る処置室の喧騒は変わらない。それでも、小林栄子と真鍋麻美のベッドだけは喧騒からポッカリと浮き上がって見えた。落ち着いた空気を感じた。もう大丈夫だ。

剛は栄子に後を任せ立ち去ろうとした。真鍋麻美に目礼して背中を向ける。その背中を麻美の声が追いかけてきた。

「先生」

剛は振り返り、麻美に向き直った。ベッドに横たわったまま、麻美は真剣な目を剛に向けている。短く息を呑み込んでから話し出す。

「先生のせいじゃないのに……。酷いことを言ってしまってすみませんでした」

何と応じるべきか迷った。真鍋秀俊が感染症の最初の犠牲者となったとき、治療に当たった剛に対して麻美が発した一言、剛の全人格を否定するあの一言に対する謝罪の言葉だった。剛は短く「いえ」とだけ答える。

「先生……、わたしのような人は、たくさんいますか」

麻美が天井に目を向けて呟いた。剛は口元に微笑みを浮かべ答える。

「はい。真鍋さんのように回復されて、退院していく方もいます」

麻美の目はじっと天井を見つめたままだ。呟くように言う。

「そうじゃなくて……。わたしみたいに、大切な人を失った人は……」

答えられなかった。

「お父さん！　お父さぁん！」

「離れなさい！　君はここで待つんだ」

「やだ！　いやだ！　お父さん！　お父さぁん」

救急隊員は、神倉章介の肩に縋りつく茜を突き放した。茜はよろめいて、病院の救急搬入口の白い壁にぶつかる。壁に背中を擦ってそのままずるずると床にへたり込んだ。父の章介を乗せたストレッチャーが病院の奥に運ばれていく。ガラガラと車輪がリノリウムの床を転がっていく。廊下の奥は暗く、谷底を覗き込むみたいに見えた。父の足の裏が見えている。暗い廊下に二つの肌色がぽっかりと浮かぶ。

父親は、養鶏場の車庫で首をくくっていた。

横開きのガレージが半分開いていて不審に思ったのだ。茜は自転車を放り出して車庫を覗いた。一瞬では何だかわからなかった。ほとんど光の差し込まない暗いガレージのなかに、二つの嫌に白い物体が揺れていた。目を凝らし、闇に目が慣れるとわかった。それが父の裸足の足先であることに。

茜は目を見開いたまま、腰が砕けて座り込んだ。風もないのに足首がふらふら揺れていて、頼りない一本の綱で首をくくり、ぶら下がった父が携帯のストラップみたいだった。まるでおもちゃみたいに見えた。涙より先に吐き気が湧いた。父を凝視したまま後ずさり、腰を擦りながら外に出た。携帯を取り出して電話した。救急隊員が駆けつけるまで、茜はずっと、両腕を後ろについて座り込んでいた。何もできなかった。

数分後にはサイレンを響かせて救急車がやってきた。救急隊員は天井の配管にぶら下がった章介を下ろし、放心したままの茜の頬を軽く張った。気がつくと、救急車に乗っていた。茜の乗る車両がもう一台の救急車を追っていく。前を行くあの車にお父さんが乗ってる。そう思った瞬間、ようやく茜は全身の震えに気づいた。抑えようのない震えだった。

――お父さんが死んだ。自殺した。

車輪が床を擦る音が聞こえなくなっていた。茜は通路の奥に視線を運ぶ。治療室のドアが、縦にわずかな光を残して、今にも閉じようとするところだった。

「神倉養鶏場の？」

「神倉章介さんです。頸椎損傷。自宅で首を吊ったそうです」

池畑実和の報告を受けて剛は唇を嚙み締めた。待合室と隣り合わせの治療室に向かう。中学生くらいの少女が放心した態で待合室の長椅子に体を投げ出していた。池畑実和が呟く。「神倉茜さん。娘さんです」。虚ろな目をしている。連絡を受けたらしく、仁志教授と市保健課の田村道草の二人が待合室に駆け込んできた。茜を一瞥し、茜ではなく剛に聞く。

「神倉さんが？」

「ええ」

仁志が剛の耳元に顔を近づけた。茜に聞こえないように小声になって言う。

「助かりますか」

「わかりません。これからです」

剛は治療室に踏み込んだ。ベッドに横たえられた章介を見て、一気に無力感に包まれた。助からない。助けられない。章介の首にははっきりと、顎の下から耳の後ろまで索溝が残っている。定型的縊頸だ。おそらく即死だ。

剛は章介の診断を始めたが、その動きは緩漫だった。ただ死亡を確認するための検死にすぎない。剛が首を横に振ると、看護師が白布を章介の顔にかけた。

治療室を出ると、仁志教授の目が剛の返事を待っていた。仁志教授が視線をちらりと後方に動かす。追うと、待合室のテレビの前の長椅子に茜が横たえられていた。剛との会話を直接聞かせないための配慮だろう。正面玄関を通して外に、田村道草が携帯電話で誰かと話しているのも見えた。仁志教授が目で剛を促す。

「残念ですが……。手遅れでした」

「そうか。そうですか」

視線を落とす剛と仁志のもとに、携帯電話を握り締めた田村道草が駆け寄ってきた。息を切らせ、転びそうになりながら走ってくる。

「先生！　先生、感染予防研から連絡が！　今回の感染症は……、新型インフルエンザじゃないって！」

剛と仁志が同時に目を見開いた。慌てた様子で田村道草が待合室のテレビをつける。長椅子には茜が寝そべっていた。

テレビ画面では、三人の男が会見台に並んでいた。それぞれ、厚労省水内感染症課長、古河情報管理室長、感染症予防研究所岡田清人とある。

――検査結果が出たそうですが。

会見に集まった記者の一人が質問した。感染研の岡田が重い口を開く。

「感染症予防研究所、アメリカ疾病予防管理センター、ＷＨＯ、それぞれのラボでの検査報告を共同協議した結果、現在、日本で流行している感染症は新型インフルエンザではない。インフルエンザウイルスは詳細な検査の結果、発見されなかった。これが結論です」

どよめきが起こった。剛と仁志も食い入るように画面に見入る。

――だったら、このウイルスの正体は？

「現在、引き続き調査中です。これまでわかったのは、感染は飛沫(ひまつ)感染、ただしSARSと同様、空気感染の恐れもあるということです」

――つまり、いずみ野市の鳥インフルエンザと今回の感染症は、無関係だったということですか？

岡田が困惑の表情を浮かべた。水内、古河と顔を見合わせる。

古河がマイクを取った。

「そういうことになります。現時点では、無関係だったということになります」

剛はテレビ画面を凝視したまま、声を発することができなかった。仁志も顔をしかめて無言でいる。田村道草が、携帯電話をその手にぶら下げて口をぽっかりと開けていた。

剛は思わず口走った。

「何だよ、それ」

「人殺し」

少女の声に剛たちは振り返った。いつの間にか神倉茜が起き上がっていた。怒り、絶望、不信と悲しみにその瞳が燃えていた。黒く燃え盛っていた。

「みんな……、みんな、人殺し！」

敵意に満ちた声で叫ぶと同時に、正面玄関に向かって走り出した。仁志が茜を引きとめようと腕を伸ばす。その弾みに仁志の体がふらついた。茜は仁志の腕をすり抜けて外に飛び出していく。椅子に手をついて体を支え、仁志は何とか体勢を保った。

「仁志先生⁉」

「大丈夫や。ちょっとばかり体の中で癌が暴れとるだけや。田村くん、彼女を頼む」

「はい」

田村道草が神倉茜を追って駆け出す。剛は仁志に手を貸しながら、ただ途方に暮れるよりなかった。仁志が癌？　ショックだった。新型インフルエンザじゃない？　ショックだった。予想はしていた。していたが、〝事実だ〟と明言されると途端に方向を見失った。一瞬にして治療方針が瓦解する。

「……先生。これから一体、どうなっていくんでしょう」

額に汗を浮かべた仁志が剛の顔を見上げた。

仁志の顔も答えを探して困惑している。

「新型インフルエンザじゃないって？」

研修医の小森は信じられない思いでその報告を受けた。今だって、何とか都に頼み込んで、備蓄分のタミフルを数ケース確保したばかりだ。これで何人か感染症の患者を救える。そう思って必死で駆けずり回ってきたのに、新型インフルエンザじゃあないというなら、タミフルを投与する理由なんてない。それじゃまったく無意味じゃないか。喉の奥からこみ上げてくるのは怒りか。小森は熱い液体にむせ返った。何だそれ。何だよそれ。それじゃぼくらがしてきたことは無意味じゃないか。患者さんを助けているつもりで、実はぼくらは何もしていなかったってことなのか？　死ぬ思いで頑張ってきたのに。

気がついたら、小林栄子に詰め寄っていた。

「ぼくたちがやってきたこと、全部無駄だったんですか！」

栄子が鬼気迫る様子の小森の目をじっと見る。

「インフルエンザじゃなくても、わたしたちのやることは変わりません」

「何でだよ。無駄なんだろう？　もう、何やったって誰も救えないんだ。みんな、もうダメなんだ」

「そんなことない。今までだって、その場でできる最善をつくして頑張ってきたでしょう？　それをこれからも続けていくだけ。それがわたしたちのするべきすべてよ」

揺らがない栄子の視線に小森が眉を顰めた。訝るように言う。

「……あんた。何か知ってたんじゃないのか？」

栄子は答えない。

「なんで黙ってる！　何とか言えよ！　無駄だって知ってたんだろ？　お前、何だよ！　何なんだよコレ！」

小森が栄子の襟首を摑んだ。栄子の首ががくんと持ち上がる。その目は冷静に小森を見ている。医師の一人が慌てて小森を止めに入った。

「小森！　落ち着け！」

「だって……。どうすりゃいいんです？　今ですらこんな有様なのに、さらに未知のウイルスだって？　ふざけんな！　あんた何もしてないだろ？　何がWHOだ！　みんなを助けてみろよ！　いますぐ、死にそうになってるみんなを助けてみろよ！」

大きく腕を振るい、止めに入った医師を小森が突き飛ばした。医師がガラスケースにぶつかって派手な音が響く。小森はそのまま膝を折ってしゃがみ込んだ。泣いていた。

「……もう嫌だ。……家に帰りたい」

皆が彼を見つめる。誰もが同じ気持ちだった。

レジデント室で、看護師長の池畑実和は叫んでいた。目の前には若い看護師が一人しゃがみ込んでいる。他にも何人かの看護師がいた。みな積みかさなった疲労で黒い顔をしている。

次々に患者が死んでいく。死を看取(みと)るのは家族であり、それを認めるのは医師だと思っていた。その原則が崩れて久しい。いまや看護師が患者の死を日常的に看取っていた。「もう嫌だ。もう無理」。看護師の間からそう呟く声が聞こえてくるのはある意味で当然だった。

「もう耐えられないと思う人は、いますぐここから出て行きなさい。いま、ここで決めなさい」

実和の声は荘厳に響いた。覚悟を伴った声だからだ。

「残った人は覚悟のある人と見なします。看護師として、感染の危険性が非常に高い患者さんにも接してもらいます。自由な時間もほとんど与えられません。死ぬ可能性もあります」

実和は看護師たちを見回す。誰もが実和を見ている。

「いい？　わたしたちに求められているのは看護師としての職責ではありません。通常の看護であれば、わたしたちは患者さんが病気と闘うのをサポートするのが役目かもしれない。けれど、いまは違います。いま、わたしたちは看護師としてではなく、人として、病気と闘っているんです。患者さんを支えているんじゃなく、人間という生き物として、病気と戦争しているんです」

　誰もが無言だった。

「この戦争に白旗はありません。降参しても、敵は容赦なくわたしたちを殺すでしょう」

　実和は瞬かない。

「だからわたしたちは、闘い続けなきゃならない。負けは死です。わたしたちはいま、看護しているのではなく、闘っているんです。そう思いなさい」

　実和は厳しい表情を崩すことなく、もう一度、最初の台詞（せりふ）を繰り返した。

「もう耐えられないと思う人は、いますぐここから出て行きなさい。いま、ここで決めなさい。わたしは、人であり続けるため、ここで闘います」


　無人の待合室。テレビ画面が淡々と伝える。

——世界各国から悪魔のウイルスと呼ばれている謎の感染症は、現在、日本国内での封じ込めにより、各国にその被害は広がっておりません。

——なぜ日本だけにこの災禍は降りかかったのか。各国で、この悪魔の感染症はこう呼ばれるようになりました。

『ブレイム（blame）』

——日本特有の新型感染症〝ブレイム〟。ブレイムとは罰、責任、咎めという意味を持っています。日本だけがなぜ神の責め苦を受けなければならないのでしょうか。日本を選ぶように降りかかったこの災禍は、我々に何を言わんとしているのでしょうか——

真鍋麻美は、入院道具一式が詰まったリュックサックを背負い、待合室を歩いていた。無人の待合室にキャスターの声と、白々しいテレビの明かりがちらつく。麻美は見るともなくそれを眺め、聞いた。

——罰。責任。咎め。

麻美は無人の待合室を振り返った。病院に対して小さく頭を下げてから外に踏み出す。
――責任。
キャスターの声がいつまでも耳に残っていた。

7

――2011年1月19日　東京都いずみ野市　駅前通り

町は灰色だった。すべての商店はシャッターを閉め、たまに見えるショーウインドウはほとんど例外なく割られていた。服飾店の店先で、服を剝ぎ取られ、裸になったマネキンがポーズを取っている。痛々しかった。食料品や医薬品を扱う商店はなおのこと酷い有様だ。使えそうな物はすべてが略奪の対象だった。テレビニュースは各地で発生している略奪行為、暴徒化した人々の暴挙を連日伝えていた。しかしそれが次第に常態化するにつれて、報道の数は減り、人々もそれを取り立てて問題視しなくなっていた。モラルや道徳の前に〝命〟があからさまに屹立していた。

数日前から、市立病院前にも徒党を組んだ市民たちが、薬剤の支給を求めてデモを行っていた。町が灰色になるにつれて人々の顔から生気がなくなっていく。町を歩けば聞こえてきた子どもたちの笑い声も、少年少女の歓声ももはや聞こえなかった。

剛と小林栄子は、デモの群衆の脇を縫うようにして市立病院を抜け出してきた。今朝早く、病院から姿を消した真鍋麻美を探すためだ。剛たちは真鍋麻美の自宅に向かうところだった。町を歩く。

「酷いな」

「ええ」

「誰も歩いていない」

「ええ。みんな、感染を恐れて自宅に閉じこもっているんでしょう」

「町ごと死んだみたいだ」

「そういうこと、言わないで」

風の音しか聞こえない町は不気味だった。商店街なのだ。いつもなら人々の雑踏と流行歌のくり返しが煩わしくすら感じた。それが今は廃墟(はいきょ)だ。ビルの隙間を吹きぬける風が嫌に冷たい。マスク越しにも風の冷たさを感じる。

「彼女は……、きっと何かを隠してるわ」

唐突に栄子が呟いた。栄子のコートの裾が吹き抜ける風にバタつく。剛は襟を立てて風を防ぎながら応じた。

「だから黙っていなくなったっていうのか？」

栄子は振り返らない。

「怖くなったのよ。きっと」

突然、金属を引きちぎるような音がして、隣の文具店のシャッターが上がった。半分だけ開いたシャッターから二人の人間が転がり出る。若い男と女だった。男が先に立ち上がり、驚愕の表情の剛と栄子を強い目で一瞥した。すぐに女の肩を抱いて起き上がらせようとする。栄子が駆け寄って女に肩を貸そうとした。男が目を剝く。腕を伸ばして栄子を突き飛ばした。栄子が路上に転がる。

「何をする！」

剛は叫んだ。叫び、男に詰め寄ろうとした。男の肩を借りて女がようやく立ち上がった。女が顔を上げる。長い前髪を割ってその顔が見えた。両の目から赤い涙を流していた。剛と栄子は息を吞む。

後方から車のエンジン音が近づいてきた。男がそれを聞きとめて振り返り走り出す。女を引きずるようにして路地裏に隠れようとする。自衛隊のジープが店先に止まり、防護マスクを装備した自衛隊員が数名飛び降りた。小銃を構えて男と女を捕らえる。男が抵抗する。女を守ろうとする。「感染者だな」

「ちくしょう！　誰が通報した」

「感染者は隔離される。同行しなさい」

「連れてかれたら戻ってこれないんだろ！　知ってるぞ！　誰も戻ってきやしない」

女が震えている。赤い涙を流れるままにしながら、男に縋って震えている。

「亜美、おれ、絶対にお前と離れないからな。大丈夫だからな」

男が女の頬を両手で挟んだ。そのまま女の唇に口づけた。女の両目が見開かれている。宙に浮いた女の両手がプルプルと震えている。

男が顔を上げた。決然として言う。

「これでおれも完全に感染者だ。いっしょに行くぞ。亜美、おれたちいっしょだぞ」

自衛隊車両に搬送される二人を剛たちは見ていた。栄子は何も言わない。

再び静寂がやってきた。

「行きましょう」

「……ああ」

真鍋麻美は自宅にいた。何でもない普通のマンションだったが、ここも暴徒に押し入られたらしくいたるところガラスが割られ、室内は荒らされていた。暗い室内でろうそくの明かりのなか、真鍋麻美が空虚な視線を剛たちに送っている。

「……ろうそく？」

剛が呟く。

「この時間は、電気、止まってますから……」

麻美が悲しげに笑みを浮かべて言った。

「来てくれてほっとしました。やっぱりわたし、話しておきたかったのかも知れない。怖くて怖くて逃げ出してみたけれど……、やっぱりわたし、話しておかなきゃいけない」

ポツリポツリと雨だれが落ちるように、麻美はゆっくりと語り出した。剛と栄子はそれに聞き入る。

「わたしの父は、東南アジアにあるアボンという小さな国で医者をしています。その父が、お正月、日本まで来てくれた。わたしと秀俊さんの結婚を祝いに、日本まで帰ってきてくれた……」

訥々（とつとつ）と語る麻美は無表情だった。言葉を探すのに苦労しているように見えた。

「この部屋で、父とわたし、それに秀俊さんでお正月を祝ったの。テーブルにおせち料理を並べて、父は嬉しそうだった。『あけましておめでとう』って言ったら、『その前に秀俊くん、麻美をよろしくお願いします』って。お父さん、わたしとヒデちゃんの結婚を喜んでくれた。ヒデちゃんもね、お父さんが認めてくれたって泣きそうになってた。それで、結婚とお正月の両方に『おめでとう』って言って……」

麻美が顔をうつむけた。小さく嗚咽(おえつ)が聞こえてくる。

「幸せだったのに……」

栄子が麻美の背中をさすっている。麻美はしゃくり上げながら続けた。

「今思えば、父も具合が悪かったように見えました。一週間は日本にいる予定だったのに、急に戻るって言い出して、一泊だけしてアボンに帰って……」

「それから？」

「ずっと連絡が取れない。病院から電話しました。だけど、どこにいるのかわからない。怖かった。すごく怖かった。もしかしたら父が病気を運んできたんじゃないかって、そのせいで何人も人が死んで、ヒデちゃんも死んで……。わたし、怖かったんです」

剛は何も言えなかった。麻美はうつむいたまま顔を上げようとしない。栄子がその背中をさすりながら、ゆっくりと呟いた。

「ありがとう。麻美さん。話してくれて、ありがとう」


――2011年1月19日　東京都いずみ野市　いずみ野市立病院

インターネットのテレビ電話で、WHOの担当職員は難色を示した。「アボン」が国連にも非加盟で、鳥インフルエンザの検体提供にも非協力的な国だったからだ。WHOでもその実情は摑めていないという。

「だったら、すぐに誰かを現地に派遣してくださいと言ってるんです」

詰め寄るような栄子の剣幕に、WHOの担当官は眉を顰めて答える。

「検討する。期待はするな」

向こうから回線を落とされた。栄子が苛立たしげに立ち上がる。

「何がWHOよ。〝World Health Organization〟でしょ？　加盟国も非加盟国もないわ」

「打つ手はないのか？」

剛の言葉に栄子は憎々しげな目をホワイトボードに向けた。以前に書いた文字が今も残っている。

『それは何か？』

『それは何をするのか？』

『それはどこから来たのか？』

『それをどう殺すのか？』

「今までやってわかったのはあれだけ」

栄子が頭を抱えた。内線電話が鳴り出す。剛が電話を取った。剛の表情が変わる。

「すぐに行きます」

栄子がこちらを見ている。

「緊急事態だ。ＩＣＵへ急ごう」

剛たちは走りだした。


――２０１１年１月19日　東京都いずみ野市　いずみ野市立病院　ＩＣＵ

「人工呼吸器、用意して！」

若い女性の治療に当たっていた宮坂が叫んだ。三田多佳子がきょろきょろとあたりを見回す。宮坂が痺れを切らして声を荒げた。「早く！」

多佳子が悲鳴のように答える。「全部塞がっています」

「あの子の呼吸器をこっちに回せ！」

宮坂の言葉に多佳子の動きが止まった。宮坂は女性の治療を続けながらその視線は部屋の中ほどにあるベッドを見ている。少年が寝ている。ピクリともせず、顔中の穴という穴から血液を流してベッドに横たわっている。だが、弱いが心拍はまだ見られる。心電図は微細な波形を記録し続けている。

「できません！　呼吸器を外せばあの子は死にます」

「すべての医療機器が足りないんだ。政府通達のガイドラインにしたがって、生存の可能性が少しでも高い患者を優先する！　外しなさい！」

「できません！」

「君！」

「ご自分でやってください！」

「な……」

宮坂の動きも止まった。少年を見る。それから手元の女性を見た。女性は荒い呼吸を続けている。生きようとしている。少年を見た。心電図の波形は定期的に振れている。少年もまた、生きようとしていた。

多佳子は宮坂をねめつけたまま動こうとしない。柏村看護師が声を上げた。

「先生！　血圧が下がってます！」

小林栄子と松岡剛はこの瞬間にＩＣＵに踏み込んだ。看護師たちと医師のやり取り、場の空気、「できません！」と叫ぶ声。状況はわかった。わかったが、ではどうする？剛は歩きながら迷った。宮坂医師がじっと一点を見つめていた。防護服越しに額の汗が光る。三田多佳子が涙を浮かべていた。頑として動こうとしない。栄子が前に出た。剛を追い越してツカツカと歩く。迷うことなく少年のベッドに向かう。立ち止まった。一瞬の静寂があたりを包んだ。

「小林先生！」

多佳子の叫びが響いた。栄子の手が少年の呼吸器に伸びる。呼吸器のコックに栄子の指先が触れる。小刻みに震えていた。その手を他の誰かが押さえた。栄子が振り返る。

「いけない」

看護師長の池畑実和だった。実和の目が、懇願の目が栄子を見つめる。

「………」

「やってはいけない」

「………」

「背負いきれる荷物じゃあない」

池畑実和が栄子に向かって首を振った。栄子の視線が揺らぐ。少年を見る。宮坂を向く。

呼吸器のコックを回した。

「せめて、助かる見込みのある患者だけでも、助けます」

実和の目が歪む。栄子を射すくめる。エアーの抜ける音を残して呼吸器が外れた。一分程で心電図のモニタがフラットになる。定期的に鳴っていた電子音が低く一本になって響いた。

少年が死んだ。栄子は宮坂医師のもとに呼吸器を運ぶ。その呼吸器を患者に取り付けた。患者の胸が大きく膨らむ。

「小林先生」

呼びかける実和の声は小さかった。それなのに酷く心に突き刺さった。栄子は唇を噛んだまま歩く。再び重体の患者の前に立つ。タイミングを合わせたように、ＩＣＵの奥から別の医師の声が響いた。「呼吸器！　早く用意して！」

栄子が患者を見下ろしている。

「この患者の呼吸器を使います」

剛は意を決した。栄子のもとに向かう。栄子が呼吸器を取り外す。剛は無言でその呼吸器を運んだ。スタッフたちはただ立ち尽くしていた。三田多佳子が、池畑実和がこちらを見ている。「こっちにも呼吸器！」

「13時42分、死亡確認」

「44分、死亡確認」

次々と死亡時刻の告知が続いた。「こっちも！」

強く目を閉じ、それを開いてから、池畑実和が小林栄子の後に続いた。しだいにスタッフたちも動き始める。告知が続いた。呼吸器を外された患者たちは一瞬で死んでいく。低く一本につながった、心臓の停止を示す電子音が重なってどんどんその音を大きくする。命が途絶える音が連続して響く。

「もう無理だ！　もうおれには無理だ！」

医師の一人が叫び、ＩＣＵを飛び出した。つられるように数人が患者を投げ出して病室を出て行く。

剛は栄子を見ていた。呼吸器を取り外す栄子の目。

患者の顔から目を逸らさずにいた。患者のすべてを受け止めていた。

「助けたいの」

残されたスタッフたちは逃げ出したスタッフたちを見ない。

みな、懸命に治療を続けていた。


銀色の抗菌シートに、遺体となった少年は包まれた。ジッパーが閉められる。シートの上下に余るポッカリとした空間が悲しかった。その脇を小林栄子が通り抜ける。少年が運ばれていく。池畑実和が叫んだ。

「小林先生！」

栄子は駆け寄って患者を覗き込んだ。患者の心音が途絶えるのと同時だった。息絶えた患者を見て栄子は顔色を変えた。冷え切った鋭い刃物で胸を突かれたようだった。

少年の呼吸器を移し変えた、あの患者だ。

――死んだ。

池畑実和が栄子を見ている。その目は先ほどの懇願ではない。仲間を見る目だ。

遺体を包んだ抗菌シートが次々と搬送されていく。医師たちの懸命の治療によって、ＩＣＵの混乱は一応の収束を見せた。

「十二名の死亡です。他の患者の容態は、いまのところ安定しています」

「そう」

応じる栄子の顔は無表情だった。感情が消えているのではない。すべての感情を押し殺している顔だった。


中庭に出ると、こちらに背を向けて、ベンチに栄子が腰掛けていた。雨が激しかった。剛はベンチに向かい、無言で栄子の隣に腰を下ろした。栄子は振り向かない。白衣を濡れるがままに、顔をうつむけて黙っていた。剛は天を向き、大粒の雨をその顔に受けた。バチバチと剛の頰を雨が叩いた。

栄子の左手が力なく垂れていた。剛はその手を摑む。栄子の左手が小刻みに震えていた。泣いているのだとわかった。雨音の合間に押し殺した嗚咽が聞こえた。栄子の嗚咽が大きくなる。剛は栄子の左手を引き寄せた。栄子の体が剛を向く。そのまま抱きしめた。抱きしめて、口づけた。頰に栄子の体温を感じた。額に、頰に、目蓋に口づけた。栄子の涙を感じた。栄子が剛を見る。その瞳が濡れている。

触れ合う唇が温かかった。

生きてる。

おれも栄子も、生きてる。

ただそれだけを感じていた。

8

——2011年1月20日　東京都いずみ野市　神倉養鶏場　裏山

人はなぜ生きていけるのか。それを考えるとき、剛は昔、友人が言っていた言葉を思い出す。

「いつ死ぬかわからないからだ」

　学生だった剛はその意見に反発を覚えながらも、心の片隅で納得もしていた。いつ死ぬかわからない。つまり、明日も生きていると予想されるから生きていける。友人はシニカルに笑いながらそう言った。人から希望を奪うのはタイムリミットだ。余命の宣告を受けた患者はあっという間に憔悴（しょうすい）するだろう？　それは期限がはっきりするからだ。カウントダウンの残りの数字が自分で数えられるからだ。

　災禍もそれに似ているのではないか、剛は山道を歩きながら思う。新型インフルエンザに限ったことではない。感染症、パンデミックの危機は、かつてより人類の頭上に何度となく降りかかった。十四世紀ヨーロッパで猛威を振るった黒死病(ペスト)から始まって、十九世紀以降世界各地で七度の感染爆発を引き起こしたコレラ、それに1919年、四千万人が犠牲になったとも言われるスペイン風邪、代表的なものだけでもこれだけある。その上、流通が発達した現在だ。昔のように、発生した病気を地域に封じ込めるのは容易ではない。航空機があり、船があり、車がある。そのどれもがウイルスを運ぶ。人と人が国内外を行き来する。

パンデミックは幾度となく繰り返されてきた。パンデミックに至らずに済んだ小規模な集団感染はさらに無限に近い数、繰り返されてきたのだろう。人々の努力で最小の被害に食い止めてきた。だが——。

パンデミックは起こる。ゼロにはできない。

「ただ、それが起こる時期が未定だから生きていけるだけだ」

頭の中で、学生時代の友人がニヤニヤ笑いながら剛に言う。「来週パンデミックが起こって大勢死にます。そう言われて自分を保っていられるやつが、この地球上にどれだけいると思う?」

シニカルに唇が歪む。

この山道で鈴木浩介と出会ってから五日間が過ぎていた。剛は頭の中を縦横に巡る思いを断ち切って顔を上げた。いつかと同じ場所に小型のジープが止まっている。

「よお」

鈴木浩介が片手を挙げた。もう片方の手は白衣のポケットに突っ込んでいる。笑っていた。

「まさかホントに連絡くれるとはね。あれだろ、あんたも相当まいってるんだろ？　じゃなきゃおれは頼らねえよな。な？」

言葉とは裏腹に、鈴木浩介は嬉しそうだった。剛は病院から持ち出した検体の入った保冷ボックスを差し出した。ブレイムの患者から抽出した検体だ。鈴木浩介が宝箱でも受け取るみたいにそれを捧げ持つ。目を細めている。

「あのさ、後悔しない？　これ、犯罪だぜ」

保冷ボックスを後部座席に積みながら、鈴木浩介が他人事（ひとごと）のように言った。剛は強い目で浩介を見ている。

「後悔っていうのは、やれることをすべてやりきらなかったときの言葉だと思う。ぼくはまだすべてをやりきっちゃいない。可能性はゼロじゃない。たとえ数パーセントの確率でも、その数パーセントにかけてみるしかないんだ」

剛は頭を下げた。鈴木浩介が驚いた顔をして振り返る。

「お願いします。ウイルスを見つけてください」

鈴木浩介の顔が驚きから笑みに変わった。剛の肩を叩かんばかりに親しげに笑いかける。

「数パーセント？　あんたおれを舐めてるんじゃないの？　百パーだよ、百パー」

言うなりジープに乗り込んでエンジンをかけた。砂利を弾いてタイヤが回転する。

「期待していいぜ」

埃が舞い、エンジン音が遠ざかる。走り出したジープが見えなくなるまで、剛はその場に立ち尽くしていた。


――2011年1月20日　東京都いずみ野市　いずみ野市立病院

「高山先生！　許可を、許可を出してください。オリジナルのウイルスが見つかるかも知れないんだ。感染源がわかれば、対処法だって……」

通路を歩いていた高山医師の腕を引いて、強引にレジデント室に連れ込んだ。高山医師は渋い顔をしている。その対面にあって、剛は必死だった。高山が言うように確

かに何の確証もない話だ。状況証拠だけで物的な証拠は何もない。それはわかってい
る。わかっていて言っているのだ。
高山医師の重い声が響く。
「国連にも加盟していない小国に、しかも憶測だけでうちの病院から医師団を派遣し
ろっていうのか。冗談じゃない。費用はどこから出るんだ？　保障はどこがしてくれ
る？」
剛は言葉に詰まった。搾り出すように言う。
「でも、もうそれしか方法がないんです」
「もし何の成果も得られなかった場合は？　君の首程度で何とかなる問題じゃない
ぞ」
「それなら……、それならぼく一人で、ぼくが個人的にアボンに飛びます。そうすれ
ば……」
「君が抜けた穴はどうなる」
「え？」
高山医師の問いかけに剛は言葉を失った。考えてもみなかったことだ。
「君は医師だ。一人、医師が減れば、その分だけ患者が死ぬ。君がアボンに行ってい

る間、死んだ患者たちはどうなるんだ。君が妙な気を起こさなければもしかして死なずにすんだかもしれない。残された家族たちは一生そう思い続けるぞ」

「…………」

答えられなかった。高山医師の言う通りだ。自分は医師だ。この身は自分だけのものではない。

そのとき、剛と高山医師のやり取りをじっと聞いていた研修医の小森が突然声をあげた。

「ぼくじゃ……、駄目でしょうか」

思いがけない声に剛と高山が同時に振り向く。小森幹夫が目を泳がせながら立っていた。部屋を横切るように視線を流し、最後にその視線を剛に留めて呟く。

「ぼくが……、ぼくが松岡先生の代わりを務めます。それじゃだめでしょうか」

予想外の提案だった。高山医師が驚きの声を上げる。

「小森君……、しかし君はまだ研修医だろう？」

「わかってます。研修医だし、実力も経験も足りないのはわかってます。だけど、いまは〝医者〟だとか〝研修医〟だとか言っている場合じゃない。それくらいぼくにもわかります」

小森の目が高山医師を見据えた。まっすぐに目を見て言う。

「研修医だろうが何だろうが、ぼくだって医者です。医者は人を助けるものでしょう？　いま、ここで声をあげなきゃ、もうぼくは一生、本当の医者にはなれないような気がする」

小森の目は揺らがなかった。感染症に罹患した真鍋秀俊の症状を見て、ただひたすらに怯えていた青年とは思えないほど強い目をしていた。

「ぼくにやらせてください。やってみせます」

高山医師は気圧（けお）されたように顎を引いて小森を見ている。

剛は高山に向き合って立つ小森の背中をじっと見つめた。

立派な医師の背中だと思った。


灰色の町を抜け、剛は仁志教授が宿泊しているホテルのフロントに向かった。

仁志には電話で大まかな経緯を伝えてある。鳥インフルエンザの権威であることに加えて、剛は仁志教授の人間性を頼っていた。養鶏場で会った時の神倉章介に接する態度、病院でその娘、神倉茜に見せた配慮と優しさ。知識だけではない。人間として信頼できる人物の協力がどうしても必要だった。

チェックアウトを済ませ、仁志教授がフロントから出てくる。剛は仁志と目を合わせ、隣に並んで歩き始めた。自動ドアが開く。タクシーの一台もなかった。従業員は皆マスクにゴーグルをつけている。無音だった。剛たちは閑散の町に踏み出す。

「どうして、私なんや」

仁志が短く呟いた。灰色の町は死につつあるように見えた。いたるところにゴミ袋が転がっている。ゴミの収集をはじめとした公的なサービスはほとんどが停止していた。カラスが舞う。大きすぎる黒い鳥が何羽もゴミ袋に群がり、大きな黒い目を光らせてこちらを見る。啼く。

「ぼくだけでは、感染源を特定できません」

剛の返答に、仁志は少しだけ苛立ったように見えた。

「だから……、どうして私なんや。専門家やったらようけおるやろ」

剛は仁志の背中に語りかける。丸くなりかけた仁志の背中が上下に揺れている。

「先生は……、先生は目が開いている。この間、神倉さんの養鶏場でわかりました。先生は、損得や保身で物事を考えない。人として、人間としてこの病気を見つめているると思う」

仁志は黙っている。

「アボンに行ったら、もしかしてぼくは、人の中に潜む悪魔を見るかも知れない。自信がないんです。アボンで悪魔を見たとき、ぼくが人としてあるべき判断を下せるか。ぼくは自分に自信がない。でも、先生ならそれが見えると思う。ぼくが間違った選択をしそうになったら、先生ならきっとぼくを止めてくれると思う」

　半ば自嘲気味に仁志が呟いた。

「ずいぶん、買いかぶられたもんやな」

「真実を見落としたくないんです。できるだけのことをしたい」

「……………」

「仁志先生、お願いします」

　仁志の目がちらりと剛を見た。その目の色が変わる。ほうっと長い息をついた。

「わかった。行ったるよ」

　仁志が立ち止まった。振り返り剛を見る。

「君もたいがい頑固なやっちゃな」

　呆れたように肩を竦め、飄々と笑った。

9

——2011年1月　フィリピン近海　アボン共和国　メダン島

英語で愚痴を聞いたのは初めてだ。剛のたっての願いと小林栄子の要請を受けて、WHOは重い腰を上げ、一名の担当官をアボンに派遣することを約束した。それがいま、セスナ機の前方座席に座っている男、WHO西太平洋事務局のクラウス・デビッド医師だ。浅黒く精悍な顔と理知的な眼差(まなざ)しを持った男だが、どこか融通が利かないところがある。

「WHOでも把握できないような新興国だぞ。何があるかわかりゃしない」

後部座席に収まった剛と仁志は、デビッド医師の呟きを聞き流し眼下に広がる光景に見入っていた。一瞬、任の重責を忘れそうになるほどの絶景。青い海に緑の小島がポツポツと浮かんでいる。凪(な)いだ海と、生命に満ち満ちた熱帯の国の緑。デビッド医師が再び呟いた。

「見えるか？　アボンはフィリピンから独立したばかりの小さな島の集まりだ。結果、国そのものにも掌握できていない島がいくつもある。WHOだけじゃない。現地民にとっても未知を残した土地なんだ」

　メダン島の、空港とも言えないかろうじて舗装された道路にセスナが降りると、途端に熱帯の空気が剛の肌に張り付いた。潮気と熱気、発酵したような濃い空気が肺にぬるりと滑り込む。

　乗り合いバスを待ち、市内に向かうことに決めた。バスとは名ばかりの小型のバンに揺られながら、剛は真鍋麻美から受け取った〝立花修治医師〟の写真を眺めた。面長の顔がよく日に焼けている。短い髪、柔和な笑顔。写真にあるのは紛争地域だろうか。立花医師の隣には、頭に包帯を巻いた患者が笑っていた。立花医師とは人種も国籍も違う。それなのに、同じ笑顔で笑っている。

　立花医師の診療所は、町の外れのスラムにあると聞いていた。

　町は夏祭りの夜のような奇妙な熱気に満ちていた。まだ日中だというのに妙に空気が粘りつく。剛の視線はあたりを巡った。竹作りの背の低い建物が並び、その隙間隙間に原色の立て看板が見える。何をしているのか、あるいは何もしていないのかわからない人々が随所で路面に座り込んでいた。町中に一歩踏み込むなり子どもたちに取り囲まれた。「五〇ペソ」。皆が同じ言葉を繰り返す。

剛はまわりを取り囲む子どもたちに困惑しながら声を張り上げた。

「クリニックはどこか知りませんか？　クリニック！　クリニック！」

効果はまるでなかった。ここの人々は英語を解さないのではないか、そう疑いはじめたところに、デビッド医師がため息をつきながら剛を制した。財布を取り出して紙幣をチラつかせる。

「教えろ。金をやる」

途端に目の色を変えて子どもたちが一斉に同じ方向を指差した。デビッドは無関心な目でちらりと路地の奥を確認すると、紙幣を放り出して歩き始めた。赤い数枚の紙幣が風に舞う。子どもたちが争ってそれを奪い合う。剛は啞然（あぜん）としながらその光景を見ていた。

「向こうだ。行こう」

デビッドに続いて路地に入った。歩くたびに喧騒が遠のく。

路地を進み、町の中心からやや離れたところに立花医師の診療所はあった。日に焼けた木造の診療所。一目ではそれが診療所であるとはとても思えない、平屋建ての粗末なものだった。ガラスのはまっていない窓からデビッド医師が中を覗き込む。

「しばらく使われていないな」

剛たちはマスクをし、入り口を塞いでいる簡易な錠前を壊し、室内に入った。足裏が激しく埃を巻き上げる。窓から差し込む日光が埃をキラキラ砂金のように光らせた。

おそらく診断の際に使用していたのだろう、簡素なテーブルに仁志とデビッドが近づき、雑多な書類をめくり始めた。剛は部屋の中心近くにあるパソコンを起動させる。不安になるほどの長い時間の後に、モニタがゆっくりと生き返った。

「立花医師の日記だ」

剛が呟くと、デビッドと仁志が振り返った。

『12月31日、ミナス島の養殖エビの加工工場で働いているユリヤティという名の娘が風邪をこじらせたらしく来院。高熱、激しい咳に血痰（けったん）も見られる。やや黄疸（おうだん）の兆候もあり。ひどく怯えている。聞けば、ミナス島でユリヤティと同じような病気が流行しているという。感染症を疑い詳しく聞きだそうとするが、ユリヤティは「島の外の人に言ってはいけない」と怯え、それ以上言おうとしない。明日からしばらくは日本に帰国する予定だ。アボンに帰任次第、ミナス島に調査に向かうべきだろうか』

剛と仁志は顔を見合わせた。立花医師が記録したミナス島の娘の症例は、ブレイムの初期症状と合致する。

行き先が決まった。

「ミナス島だ」

剛は部屋を飛び出そうとした。町に戻り、船を手配してミナス島に向かうのだ。そこに今回の感染症の正体がある。ウイルスを特定し、ワクチンを作成するのに必要な原株がそこにある。

「待て。行くな。ＷＨＯからの指示を待つ」

デビッド医師が剛を引きとめた。剛は振り返り、そのままの勢いで反論する。

「そんな悠長なこと言っていられますか！」

「だめだ。安全性が保障できない」

「保障なんか必要ない。百パーセントの安全を待っていたら、何一つ行動なんてできないでしょう？」

「責任が持てない」

「一刻も早く感染源を突き止めたいんだ！」

「ここでは私に従え！」

デビッドが声を荒らげた。

「そもそも君たちがここにやってこれたのは特例なんだ。本来ならこんな危険地域に君たちのような一般人を入れるわけにはいかない。こちらの温情措置だということを忘れるな！」

「待てば待っただけ人が死ぬ。ぼくは行きます」

剛は鋭い視線を仁志に向けた。

「仁志先生は？」

仁志がゆっくりと剛を見た。薄く笑っている。

「私も行こう。早くウイルスに会ってみたい」

デビッドが頬を小刻みに震わせた。そのまま踵（きびす）を返して部屋を出て行く。「勝手にしろ！」

デビッドの後ろ姿を仁志が眺め、ポツリと呟いた。

「怒らせてしもたな」

「構いませんよ。ぼくたちはＷＨＯの職員じゃない。彼の言うことを聞く必要などありません」

剛の言葉に仁志が笑った。おかしそうに目を細めて言う。

「ほんまに、君っちゅう男は……、困ったやつや」

——2011年1月　フィリピン近海　アボン共和国　ミナス島　エビ養殖場

ひどい臭(にお)いだった。メダン島の住民に漁船を出してもらい、上陸した瞬間に剛は鼻を塞いだ。セスナ機で上空から眺めたときは、青い海と緑の島のコントラストは楽園としか思えなかった。しかし今踏み込んでみてわかる。島そのものが荒れている。以前は、島全体を覆うようにマングローブが繁っていたのだろうが、いまはいたるところに廃材が散らばっていた。皮膚病にかかった猫のようだと思った。島全体が緑の皮膚を失い、呼吸困難に喘(あえ)いでいた。

「森を……、ずいぶんと伐採したみたいやな」

仁志が呟いた。剛は防護服を着込みながら仁志に目をやる。仁志の目は遠くを見ていた。瀕死(ひんし)に喘ぐ森の奥を見ている。目には映らない何かを見ているように思えた。

「国外向けのエビの養殖が主産業だと言ってましたから。森を伐採して沼を拓(ひら)いたんでしょう」

「生き物のバランスがひどく狂っとる。人間で言うところの三半規管、そこがいかれとるわ、この島」

のそのそと防護服を着ながら仁志は悲しそうに呟いた。「この島は人間に酔っとる」

さっき、ここまで自分たちを運んできたメダン島の漁師が言っていた。漁師はミナス島の姿が見えるとそれ以上近づこうとせず、海上で怯えた視線を剛に向けた。

——これ以上は行かない。あんたらここで降りてくれ。

それで、剛と仁志は遠浅の海岸を歩いてミナス島に上陸したのだ。漁師は異常なほどに怯えていた。

——あの島には〝森の魔女〟がいる。魔女に会った人間は、みな死ぬ。

目を泳がせながら、何度もそう繰り返していた。

「松岡くん、あれ、見てみい」

仁志の声で現実に引き戻された。砂浜の向こう、マングローブの林を背に粗末な木造の民家が並んでいた。その端々に、十字に組まれた杭のようなものが地面に突き立っている。杭に巻かれた赤い布がはためいていた。剛たちは並ぶ民家を通り抜け、海岸の先に進んだ。右手に視界が開けた。視界の拡張と同時に、絶望がその手を伸ばし広がっていった。

おびただしい数の墓だった。

燃え残り、炭化した民家の残骸があった。白い砂浜に黒い消し炭が転がり、そのコントラストが激しい違和感を呼び起こす。誰もいない。誰の姿も見えない。聞こえるのは、剛と仁志の足裏が砂を噛む音だけだった。仁志が燃え落ちた民家の残骸を見ている。透明な視線が、黒く脆く、辛うじて立つ一本の柱を見ている。こぼれるように呟いた。

「ここやな。ここが、ブレイムの故郷や」

「火災が起きたんでしょうか」

「いや。燃えたんでなく、病気を恐れて燃やした……。もしくは、燃やされたんやろうな」

仁志が答えた。民家の残骸に視線を送ると、そこかしこに炭化した人骨が転がっていた。ブレイムを発症し死亡した病人を家ごと燃やしたのだろうか。立ち並ぶ十字は現地民の手製の墓か。民家の数とは不釣合いに見えるほどその数は多かった。歩き進むのに何度も決意を固めねばならなかった。剛は意識的に目を見開き、森の奥を見据える。

「仁志先生……。向こう、養殖池のようです」

剛は仁志を振り返らずに歩き出した。立ち止まることが怖かった。立ち止まると目を逸らすことができなくなる。以前までそこにあった物、以前までそこにあった人を考えてしまう。失われた命を、断ち切られた人生を考えてしまう。歩みを止めると、それきり動けなくなってしまいそうだった。仁志が遅れてついてくる。

　養殖池の土は、踏むとゴムのような弾力があった。腐敗した畳を踏むような感触。歩くたびに、靴の底で虹色(にじいろ)の泡が弾けた。ガスだろうか、湿った土から時折泡の弾ける音が聞こえた。まるで土が沸騰しているみたいだと剛は思う。土が腐っていた。足元にはいくつも水溜(みずたま)りがあった。水の表面は油を浮かべ不自然に光を滑らせる。水も腐っていた。腐った水と土が、島の空気すら淀(よど)ませていた。

　仁志が呟く。

「不思議やなぁ。人間は、土と水で生きとるのに、土や水をダメにして何とも思わん。ゆっくりした自殺と同じやのになぁ」

　剛は答えなかった。養殖場の先に、横に長い作りの建物が見えた。そこに向かい歩く。

「このウイルスもそうや。宿主である人間を殺したら、自分まで死んでしまうというのに、それでも宿主を蝕(むしば)もうとする。矛盾してるとおもわへんか？　死んでしまうのになぁ」

仁志の問わず語りに剛は短く応じた。言ってから、自分の言葉に少しだけ怒りが籠（こも）っていることに気がついた。何に対する怒りなのかはわからなかった。

「人も、ウイルスも、狂ってきているのかもしれません」

剛の言葉に仁志が呆（ほう）けた顔を向ける。

「そうか？」

「ええ。この島に来てわかりました。生態系のバランスを無視して、このウイルスは人間を滅ぼそうとしている。人間を憎んでいる」

「私はそうは思わん。いや、私も昔はな、君みたいにな、若いころはそう思った。人間を病気にするウイルスは人類の敵や。敵やから殺さなならんって。それぱっかり考えて、まあ、毎日怒っとったな」

「………」

「でも、自分が癌になってみるとわかった。自分の細胞が自分を殺そうとしとるとわかったころから、なんや、ちょっと違う考えになった。ま、つい最近考えが変わったということやな。今ここにある命を救うのと、今ここにある命をつなぐのは、おんなじ価値のあることやと思うようになった」

仁志の言うことがわからなかった。剛は眉を顰めて問いただす。

「どういう……、ことですか？」

「ん？　まあ、あれやな。松岡くん、君、私にこの島に来て欲しいって言ってくれたやろ？　それは、今救えない命を、これからは救うためとちがうか。感染源を特定しなければ、これからも大勢死ぬ。だから君はこの島にやってきたんやろ？　私は誘ってもらって嬉しかった。『ああ、これで私の命を次につなげる』と思うた」

仁志の目は穏やかだった。腐った土の上を、穏やかな顔の仁志が歩く。剛にはわからない。

「私には子どもがおらん。私が死ねば、遺伝という意味じゃ、私という個体は滅びる。だが、それがどうしたという気持ちなんやな。私がおらんでも、松岡くんがおるし、小林くんがおるし、マングローブの林は繁るし、エビは跳ねる。ウイルスだって、生きとる」

「だけど、ウイルスは人を殺す」

「ウイルスだけやない。他のあらゆる者が人を殺す。ほれ、私の体の中の、私自身の細胞ですら、私を殺す」

笑いながら仁志が言った。「『殺す・殺される』と考えるから物騒なんや。生きるためには相手を殺さにゃいかんと思うようになる。殺すんでなく、〝いっしょにおる〟

と考えられへんもんかなぁ」

「いっしょに？　ウイルスとですか？」

「そうや。少なくとも、ウイルスは人間を殺そうなどとは思っておらんよ。人間を敵だとも思っていない。まあ、味方とも思っておらへんやろうけど」

　仁志の言わんとしていることがわからなかった。

「生き物は、ただそこに居るだけなんや。私も君も、マングローブもウイルスも、ただここに居るだけ。ただ、命が形を変えて、次々につながっとるだけなんや」

「詭弁ですよ。ぼくには詭弁にしか聞こえない」

「そうかね」

「それじゃあ先生は、罪に塗れた人間など滅びてしまえばいいと言うんですか？」

「そう聞こえたか？　いや、それはすまなんだ。そういうつもりじゃあなかったんやけど」

　養殖エビの冷凍工場は粗末ながらかなりの大きさを持った建物だった。灰色ののっぺりとした壁面に黒いドアが設えられている。剛が室内に踏み込もうとすると、仁志が辛そうに胸を押さえて立ち止まった。弱々しい笑顔を見せて言う。

「悪いが、少しだけ休ませてくれへんか。ようけ歩いてくたびれた」

剛は微笑むと、仁志を残して工場に入ることにした。

「先に見てきます。仁志先生はここで休んでいてください」

工場内は無人のように見えた。外の明かりがほとんど差し込まず、目を凝らさないと何も見えない。剛は通路を進み、暖簾(のれん)のような布を掻き分けて貯蔵庫らしき室内に入った。気配を感じた。

何かが蠢(うごめ)いていた。薄明かりの中、表面に茶色の光を貼(は)りつけて、巨大な芋虫のように太く白いものがいくつも体をくねらせている。

剛は目を剝いた。蠢くものが多すぎて、狭い室内の床全体が動いているように見えた。叫び声が上がった。男の悲鳴だった。意味がわからない。蠢くものの一つが剛の足元に縋りつき、細い腕を伸ばして剛の体に這(は)い登ろうとした。あまりの光景に剛の体は硬直して動かない。患者の顔が剛の顔に近づく。目鼻から激しく出血していた。剛の目の前でボタボタ大粒の雫が床にこぼれた。患者の口が大きく開いた。赤黒い口腔(こうくう)を見せて叫ぶ。

男の叫びの隙間に、無数の呼吸音が聞こえた。暗い床の部分部分に白いものが見えた。患者たちの歯だった。続いて白に赤の混じった光るものが床一面にポツポツと浮かんだ。目だった。

「落ち着いて！」

叫んだが、それはほとんど自分に向けた言葉だった。激しく動転していた。何という惨状だ。ブレイムにかかった重態の患者たちが、何の治療も施されることなくただ転がっている。床に転がって呻きながら、自分が死ぬのを待っている。患者たちが剛の足元に縋りつく。防護服が患者たちの手に引っ張られる。まるで剛の〝命〟を吸い取ろうとしているように見えた。命に飢えているように感じた。

患者の一人が剛の頭を両腕で摑んだ。マスクが外れそうになる。剛はその患者を突き飛ばしていた。患者が床に転がる。突き飛ばされた男が赤い目を剝いて剛を凝視した。

駆け出していた。「助けを呼んでくる」。言い訳のようにそう叫びながら、剛にはどうにもできないことがわかっていた。あの患者たちは皆、末期だ。今日にも死ぬのは確実だ。どうやっても助けられない。

走った。暗い廊下の片隅に、明かりの漏れる部屋を見つけた。剛は吸い寄せられるようにその部屋に近づき、中を覗き込んだ。簡易ベッドが並んでいた。

ブレイムに感染した患者たちが簡易ベッドに寝かされていた。柔らかな光差す空間に、一人の青年が立ち働いている。青年は左手に持った椀から粥らしきものを掬って患者に与えていた。その口元が優しげに緩んでいる。ベッドに寝ている患者の口が微かに開く。青年が匙を運ぶ。微笑む。現地人なのは明らかだった。年齢もずいぶんと若い。それなのにその笑顔が、メダン市内に向かうバスの中で見た立花医師の笑顔に重なって見えた。青年は粥の椀をコトリと音立ててベッド脇に置いた。ふと顔を上げる。剛と目が合った。青年が驚きの表情を浮かべる。その目に赤い血が滲んでいた。ブレイムの患者を看護するこの青年自身も感染しているのだ。それなのに笑みを浮かべ、他者をいたわっている。

「君は――」

剛がそう呟いた瞬間だ。紙で空気を叩くような銃声が響いた。青年が目を剝いて音の向きを見る。剛も振り返った。外だ。剛は駆け出した。外には仁志を待たせている。

工場を出ると、仁志が地面に腰をついていた。剛は仁志の対面に少年を見る。仁志に向けてライフルを構えていた。少年は十にも満たないだろう。目尻に涙を溜めて、必死の形相で仁志を睨んでいた。少年の手の震えがライフルに伝わり、銃身がブルブルと揺れていた。

「やめろ！　助けにきたんだ！」

剛は英語でそう叫んだ。少年が何かを叫び返す。剛にはわからない言葉だった。

「大丈夫。大丈夫だ落ち着いて。おれたちは敵じゃない」

剛はゆっくりと少年に近づいていった。「敵じゃない。ノーエネミー！　フレンド！　トモダチ！」。自分でも何を言っているのかわからなかった。少年の目が怯えを含んで剛と仁志を巡る。ライフルはまだ水平に構えられたままだ。

「松岡くん」

仁志が叫んだ。少年がその声に驚いてライフルを構えなおす。剛は仁志を手で制してなおも少年に近づいた。両手を広げて一歩一歩近づく。少年の目が剛を向いた。揺れている。剛は呟く。日本語も英語もこの少年には通じないだろう。「撃たないで。ぼくは君の味方だ。仲間だ」。だが、気持ちまで通じないはずはない。少年に近づく。剛の顔の横をライフルの銃身が通り抜ける。少年の肩に触れる。少年の怯えが、恐怖が、震えになって剛に伝わってくる。「怖かったろ。大丈夫。もう大丈夫だ」。剛は広げていた腕をしだいにすぼめていった。少年の体を剛の腕が包み込んだ。

「大丈夫だ。もう、大丈夫」

少年の体から力が抜けるのがわかった。少年の短い息が剛の首筋にかかる。その息がしだいに長く、ゆっくりになっていく。

「あの医者と同じだ。同じ言葉……」

　突然背後から呟きが聞こえた。片言の英語で聞こえてきた呟きに仁志が振り返る。剛も声の主を見た。さっき、ブレイムの患者たちを介護していた青年だった。入り口の壁を支えにして辛うじて立っている。仁志が青年の言葉を聞きとめて表情を変えた。

「同じ言葉？　君、ここに日本人の医者が来なかったか？　タチバナという医者や！」

　青年が、力を失って斜めに倒れ込んだ。仁志がその体を支える。

「……タチバナ？　……ドクター？」

「そうや」

「ドクターはよくしてくれた。病気の人をみてくれて、それで、自分も病気になって、それでも病気の人を治療しつづけて……」

「うん」

「動けなくなるまでみんなに優しかった。だからぼくも――」

　青年が目を閉じようとする。仁志が青年の肩を揺すった。青年の目が薄く開く。

「これ――。タチバナがぼくに――」

　青年はポケットから一冊の手帳を取り出した。それを仁志に手渡す。目と鼻から出血しながら、それでも仁志に微笑みを見せた。手帳の表紙には、Syuji Tachibanaの署名の上に、しっかりとした筆致で青年の名が書かれていた。

「そうか……。君はカシムというんか。カシム、ようやった。ようがんばった」

目の奥に確かな光を残したまま、青年はゆっくりと目を閉じた。


ミナス島で、日本で蔓延するブレイムと同じ症状の患者が発見されたことで、WHOが動いた。

デビッド医師の通達ですぐさま国際疫学チームが編成され、翌日にはミナス島の海岸線に幾艘もの船が並んだ。カシムたち患者が次々に運び込まれていく。日本行きの航空機に乗り込むため、メダン島に向かう小船の中で、剛は複雑な思いでいた。検体を手に入れ、立花の手記も入手した。あとは、そもそもの感染源、ウイルスの原株の持ち主を探す作業が残っていた。当初は剛も島に残り、いっしょに調査にあたるつもりだった。だが、仁志が言う。

「君まで残ってしもたら、せっかく手に入れた検体は誰が持って帰るんや」

「……でも、先生はその体で」

仁志が笑う。

「大丈夫。癌はこの体の中でいっしょに生きておる。敵じゃあない」

剛は無言で仁志の顔を見つめた。仁志が目を細め微笑む。

「君といっしょにこの島に来てよかった。今度は私の番や」

仁志が軽く剛の背を押す。

「さ、そんな顔しなさんな。行きなさい」


いずみ野市に戻った剛は、市立病院の講堂で立花医師の手帳をめくった。几帳面（きちょうめん）な筆致で報告が書かれている。この病気の始まり、そして、ミナス島を見舞った惨禍、その大元の原因まで。立花の手書きの文字は時に震えていた。諸外国にとってもアボンという国そのものにとっても、ほとんど未開だったと言っていい小さな島。そこで起こった出来事は悲劇だった。そして剛は今ここに生きる者として、その原因の一端に自分を含めずにはいられない。

『マングローブ林は共有財産だった。昔から人々は、枝や幹は薪、木炭、建材などに使い、葉は屋根の材料やタバコに加工し、その実は食料にと、さまざまな形でマングローブを利用してきた。だが、近年になり、マングローブ林は大規模な伐採の対象となるようになった。エビの養殖池を確保するためだ。

養殖されたエビは国外に、おもに日本などの国々に向けて輸出され、いまやミナス島の主産業となっている。ミナス島の住民の実に九割までがエビの養殖を生業にしているのだ。この島全体が、巨大で不自然な食料庫だったと言ってもいいくらいだ。

だから人々はマングローブの林を割り、森の奥深くへと富を求め踏み入るようになった。今まで誰も踏み込んだことのない土地だ。

ある日、森の奥深くに踏み入った一人の男が、薪を集めて帰宅したあと、激しい咳をし、大熱を出して苦しみ、死んだ。男が死んだあと、続けざまにその家族も男と同じように熱を出し、男の後を追うようにして死んでいった。島の人々は、「あの家は祟られた」「森の魔女に会ったせいだ」と口々に噂した。

だが、祟りは男の家に治まることなく、ミナス島に暮らす人々全体に波及した。島の人々は次々に発症し、倒れていった。皆は「森の魔女」を恐れたが、森に踏み入らないことには一日たりとも暮らしてはいけなかった。この島で収入を得、糧を得るには、悪魔の森に入るしかなかったのだ。稼ぎ頭の父親が病気になれば、次は子どもが森に入る。感染症は一気にミナス島全体に広がった。防ぐ術などなかった』

市立病院の講堂で、剛の読み上げる手帳の内容に小林栄子は聞き入っている。栄子が無言のままホワイトボードの前に立った。

『それはどこから来たのか？　感染経路の究明』

その一つが消された。

『養殖業者はこの事実を隠そうとした。島は燃やされた』

剛はなおも続ける。

『島の住民は全滅に近く、まともに動けるものがほとんどいなくなったころ、防護服を着込んだ男たちが島にやってきた。男たちは家々に火を放ち、船を燃やした。外部と連絡を取る術も断たれた。

わたしたちは島から出られなくなった。防護服の男たちは島を燃やすと、振り返りもせずに、何も残さずにどこかに消えていった。今、わたしは、養殖場の冷凍工場を利用し、可能な限り島民の治療にあたっている。カシムという青年もわたしを手伝ってくれる。

だが、足りない。医薬品も人手もすべてが足りない。死を止められない』

栄子は無言でいる。

『わたしは悔しい。一本の注射器が、たった一滴の輸液が欲しい。この人たちはなぜ死ぬのだ。わたしは島の人々に感謝されている。まるで天使を見るように、わたしに祈りを捧(ささ)げてくれる人もいる。だが、わたしは苦しい。この悪魔の病気にかかったからではない。わたしが行っている医療行為が、彼らの苦痛を癒(いや)すにはとても足りないからだ。わたしがやっているこの行為は、ただの罪滅ぼしに過ぎないからだ。わたしは肉を食う。魚も食う。野菜だって食べる。米も麦もそしてたった一個のリンゴだって、わたしの知らないどこかから、わたしの知らない誰かがそれを作り、運び、わたしの口に入るのだ。わたしはそれを無視した。あるいは気づかない振りをした。見えないくらい遠いどこかで、わたしのこの一口が、人々にどんな影響を与え、そして地球にどんな影響を与えているか、それを想像するのをわたしは放棄していた。わたしの頭は空っぽだった。日々の暮らし、その折々に、ほんの少しだけでも地球規模の想像をすること。その労を惜しんだ。わたしが犯した罪はこれだ。怠惰の罪だ』

手帳はここで途切れていた。最後の一行だった。

『彼らはこの島を見捨てた。だがそれは、結局のところ、世界を見捨てることと同じだったのではないか。そう思えてならない』

――2011年1月　裾野農工大学研究室

鈴木浩介は、松岡剛から受け取った検体を分離機にかけ、ウイルスを探していた。血液検体から分離したウイルスを培養し、細胞組織を電子顕微鏡で観察する。コンピュータによって色分けされた画面を眺めながら、鈴木浩介はガリガリと頭を掻いた。この研究所に詰め始めて三日。その間風呂にも入らず食事も蔑ろだった。顕微鏡を覗きながら、何だかわからない炭水化物の塊を喉の奥に流し込んだ。ウイルスが見つからない。

頭を掻き毟った爪の間に赤黒いものが詰まっている。頭皮の一部が爪で剝ぎ取られ血が滲んでいた。鈴木浩介は再び顕微鏡を覗き込む。知らぬ間に口が動いていた。

「早苗、今度は助けてやるぞ。絶対にウイルスを見つけ出して、ワクチンをつくってやるからな」

電子顕微鏡の操作は繊細だ。鈴木浩介の白衣の背中が小刻みに揺れる。

「あのとき、おれがもっと早くウイルスを見つけだして病気を特定できていれば、お前はあんな遠い地で、あんなふうに苦しんで死ぬことはなかったんだ。おれはウイルスと闘うぞ。早苗、見てるか。おれがここにいる限り、第二のお前は絶対につくらせないからな。未知のウイルスがなんだ。最初は何だって未知だ。絶対にここにあるんだ。あとは見つけるだけだ。探すだけじゃねえか」

鈴木浩介と田辺早苗は、かつて米国立感染症センターで研究員としてともに働いていた。思いがけない事故だったのだ。祝日の深夜に大きな地震があり、翌朝センターに出向いてみたら職員たちが右往左往していた。額に汗を浮かべた白衣の同僚が浩介に伝えたのだ。「昨夜の地震で、サナエが研究室に閉じ込められた。今朝、発見された。遠心分離機が倒れて汚染血液が飛び散っていた。意識不明だ。サナエが何かの病気に感染した」と。

鈴木浩介の腕がレバーを動かす。

「おれは天才だ。早苗、お前はそう言ってくれたよな」

早苗が何のウイルスの研究中に感染したのか、それがわからなかった。早苗が単独での研究中に、何らかのウイルスに感染した。それだけのことを理解するのに酷く時間がかかった。理解した瞬間に叫んでいた。「早苗の血、持ってこい」

同僚が困惑の目で浩介を見た。

「ウイルスを特定しなきゃ、どのワクチンを使えばいいのかわからねえだろ？　いいから早く持ってこい。おれが探す」

だが、間に合わなかったのだ。

――今度は死なせない。今度こそ、お前を助ける。

突然何かに急かされるように、鈴木浩介は計算式をパソコンに打ち込んだ。再び顕微鏡に向き合う。

「野口英世が言ったんだ。『努力だ、勉強だ、それが天才だ。誰よりも、三倍、四倍、五倍勉強する者、それが天才だ』って。早苗、お前のためにおれは天才になるぞ。ウイルスを見つけるぞ」

鈴木浩介の動きが止まった。何度も瞬きする。汗に濡れた白衣の背中から水蒸気が沸き立っている。

「──見つけた。早苗、見つけたぞ！　どうだ！　ちくしょう！　どうだぁ！」

鈴木浩介は無人の研究室で雄叫び（おたけ）びを上げた。

──2011年1月　フィリピン近海　アボン共和国　ミナス島

国際疫学チームと行動をともにし、森の中を歩いていたら、仁志の姿を見失った。

デビッドは防護服の内側で顔を顰（しか）めた。あの男は年寄りのくせにひどく行動的だ。「ウイルスは敵じゃあない」などとわけのわからないことを平気で口にしたりする。彼の国である日本は、そのウイルスによって酷い状況に陥っているというのに──。

忌々（いまいま）しくも思う。

「ドクター仁志はどこに行った？　見かけた者は？」

「さきほど、島の洞窟に入っていくのを見ましたが」

チームの一人が洞窟を指差して答える。デビッドは舌を鳴らした。指先で数人を呼び寄せ、そのまま洞窟に向かう。

一歩踏み込むと、腹の底を突き上げるような声が洞窟内に響き渡った。デビッドは驚き、声を失う。前方にライトを向けた。光の線がまっすぐに伸び洞窟の濡れた壁面を照らし出した。天井を照らす。光に驚いたコウモリが一斉に飛び立った。ライトを洞窟奥の地面に向けた。仁志がいた。

ゴーグル越しにも仁志の口が大きく開き、歪んでいるのがわかった。再び洞窟内の空気をすべて震わせてさっきと同じ声が響く。デビッドはようやく理解した。これは笑い声だ。洞窟の奥に座り込んで、大声を出して仁志が笑っている。仁志の足元が黒かった。ライトを向ける。小さな丸い球が赤黒く光った。デビッドは恐怖で体を硬直させる。

何百匹というコウモリの死骸だった。死んだコウモリを絨毯にして仁志が笑っている。

「やっと会えたのぉ」

仁志が一匹のコウモリを顔の前に持ち上げた。爛々と目を輝かせて呟く。

「宿主や」

——２０１１年２月　厚生労働省　記者会見場

猛烈なフラッシュだった。マイクを握ろうとした岡田が光の洪水に目を細める。手のひらで撮影を制して少しだけ眉を顰めた。岡田の隣には水内感染症課長と古河情報管理室長が座り、古河の隣にウイルスの発見者である鈴木浩介が列席していた。

「このたび、私どもの研究の結果、ウイルスの分離に成功したことをご報告申し上げます。また、ミナス島で見つかった感染者の検体からも同一のウイルスが発見されており——」

フラッシュの嵐の中、鈴木浩介は聞こえない声で呟く。

「私ども、じゃねえだろ。見つけたのはおれだよ、このおれ」

「感染の始まりはミナス島。感染源についても、島根畜産大の仁志教授が現地で発見したコウモリが有力と調査が進んでおります。これにより、ワクチンの開発が飛躍的に進みます。早くとも半年はかかりますが、半年後には必ずワクチンを完成させます。全力を尽くします」

この感染症が発生してからはじめての前向きなコメントだった。記者たちの口から、「おお」と小さな呟きが漏れる。

フラッシュが止んだ。

フラッシュの代わりに、バチバチと激しい拍手が沸き起こった。

10

――2011年2月　東京都いずみ野市　いずみ野市立病院

厚労省による発表から数日、ワクチン開発の目処は立ったものの、半年という時間は長い。

感染症の猛威は留まるところを知らなかった。いずみ野市立病院も、発表前と変わらず感染症患者の治療に追われていた。いまや病院は完全に感染症の専門病院となり、病院の周辺は鉄柵で囲まれ、関係者以外の出入りが禁止されていた。鉄柵には黄色の「立ち入り禁止」を示すテープが張られ、正面の入り口近くには、献花がうずたかく積まれていた。この病院で亡くなった患者の遺族が持ち込んだものだ。今も数人の遺族が献花の前で手を合わせている。写真立てが並んでいる。その一つひとつに亡くなった患者が微笑んでいる。遺族は手を合わせる。目を閉じていつまでもそこを動こうとしない。

三田多佳子は女児の手を引いていた。女児はまだ就学年齢にも達していない、娘の舞と同じ年頃の子どもだった。病院の入り口から門扉に向かう。感染症の惨禍の中、灰色の世界で女児は笑う。この女児のように、自らの力で感染症から回復する患者も少なからずいるのだ。多佳子は女児の笑顔を見て口元を緩めた。女児が正門に目をやり、瞳を一層輝かせて駆け出した。「ママ！」。多佳子の目が正門に向く。女児の母親が立っていた。

「退院です。おめでとうございます」

「ありがとうございます」

母親の目が濡れていた。多佳子は微笑んで母子を見つめる。

そのとき、日々切望しながら、長らく聞くことのできなかった声が多佳子の耳に飛び込んできた。

「ママ！」

娘の舞だった。赤いフード付のコートを着込んだ舞が、多佳子に向かって駆け寄ってくる。その後ろには英輔の姿も見えた。泣きそうな顔でただ微笑んでいる。舞が多佳子に近づく。門扉を挟んで、伸びた多佳子の手と舞の手が触れ合った。強くその手を握り合う。湧くように涙がこぼれた。泣きながら笑った。娘がいる。目の前に娘が、会いに来てくれた。

「舞……。ごめんね、もうちょっと……、もうちょっと待ってね。そしたらお家に戻るからね」

舞が黒目がちの目をじっと多佳子に向けている。

「いつ？」

「もうちょっと。もうちょっと待ってね。帰るからね。絶対帰るから」

しゃがみ込み、鉄扉ごしに舞に頬を擂り寄せた。鉄の冷たさと交互に娘のぬくもりを感じる。英輔の落ち着いた優しい声が多佳子の頭上に落ちてきた。

「体……、壊すなよ」

「うん」

「無理するなよ」

「うん。……舞のこと、お願いね」

「ああ」

多佳子は舞の頬を両側から手のひらで包み込んだ。見つめ合って言う。

「舞もあんまりお家から出ないのよ。怖い病気が流行（はや）っているんだから」

「うん……。がまんする」

舞の目尻に光るものがあった。必死で泣くのを堪（こら）えている。この子は強いな、と思う。わたしの方が先に泣いてしまった。こんなときこそ笑顔を見せてあげなきゃいけないのに。多佳子は笑顔を作って舞の頭をゆっくりと撫（な）ぜた。立ち上がって病院に向き直る。

「もう行かなきゃ」

英輔は無言だった。多佳子は病院に向かう。その背中を、英輔はただじっと見つめていた。


三田多佳子は病院に戻った。ワクチン開発の目処が立っても感染症患者の数は減らない。当たり前のことだ。これから半年の間、患者は増えこそすれ減りはしないだろう。それはわかっている。わかっているが、半年先には希望があった。希望があれば苦痛にも耐えられる。三田多佳子は処置室に向かい歩く。

市立病院が感染症専門の病院に改変され、外科、産婦人科、脳外科、耳鼻科、すべての病棟が感染病棟となったことも影響しているのだろう、同僚たちが次々と辞めていく。昨日も一人、仲の良かった看護師が去った。彼女は去り際に多佳子に言った。「今辞めないと、きっと帰れなくなるよ」。多佳子だってそう思う。彼女の言葉は正しいのかも知れない。けれど、辞めることは逃げることだった。感染症との闘いから逃げ、自身の信念から逃げることだった。

小林栄子の顔が浮かんだ。あの先生はどこまでも強い人だ。どんなに最悪な状況でも、どんなに追い詰められても冷静さを失わず、可能なかぎりベストを尽くそうとする。何があの人をあそこまで強くしているんだろう。あの人は、いったい何を守ろうとしているんだろう。歩きながらそんなことを考える。

出会ったころは、あの人の強さが少しだけ怖かった。自分の強さを基準にして、その強さをわたしたちに求めてくるようなところがあったからだ。だけど、今は違う。今なら何となくわかる。あの人の強さは、今、感染症と闘うわたしたちに必要な強さだった。この強さがないと、わたしたちは生き残れないのだ。

辞めた同僚を非難するつもりはなかった。同僚は同僚で、彼女なりのベストの判断をしたにすぎない。自分だって、ほんの少しでも立場が違えば、彼女と同じ選択をしたかも知れないのだ。

「池畑看護師長」

池畑実和が通路の奥にしゃがみ込んでいた。感染症患者が吐き出した汚物を這いつくばって拭っている。

「手伝います」

実和が微笑む。多佳子は袖をめくって、実和に微笑みを返した。


「松岡くん」

呼ばれて、ホワイトボードの前に立ち尽くしていた剛はゆっくりと振り返った。ドアの前に小林栄子がいた。片手をドアノブにつけたまま、目だけを剛に向けている。

「先ほど、仁志先生が、亡くなったそうよ」

予想はしていた。いや、仁志自身がそう言っていたのだ。長くは持たない。持たないが、何もできないわけではない。この足は動くし、頭だってちゃんと働く。だからこの島に残って、ブレイムの宿主を探す事だってできる。笑いながらそう言って、仁志は剛を日本に帰したのだ。

そして仁志教授は剛との約束を守った。ミナス島から「コウモリ」が宿主であるらしいと報告を受け、輸送されてきた検体からはウイルスが見つかった。鈴木浩介が患者から見つけたウイルスと、仁志が見つけてくれた宿主のおかげで、ワクチン開発が現実のものとなったのだ。人々の心に希望の光が芽生えたのだ。

「……そうか」

剛は思う。

——仁志先生はその言葉どおり、自分の命を次につないだ。彼の命には大きな意味があった。

剛はホワイトボードの文字をなぞった。

『それは何か？』
『それは何をするのか？』
『それはどこから来たのか？』
『それをどう殺すのか？』

栄子がホワイトボードに目を向けてから、剛の横顔に視線を移した。

「仁志先生のおかげで、また道が拓けたね」

「ああ」

「仁志先生、結局日本に帰れなかったね」

「ああ。でも、あの人には日本とかアボンとか、そんなことどうでもよかったのかも知れない」

「え？」

栄子が不思議そうな顔をして剛を見上げた。剛はホワイトボードに目を向けている。

その空白に仁志の顔を見ていた。柔和な仁志の顔が、剛の心に笑いかけている。

「あの人のふるさとは……、きっと地球だから」

栄子が悲しげに微笑みながら、コクリと肯いた。


――２０１１年2月24日　日本　感染者約２５０万人、死者約９０万人

11

――２０１１年2月　東京都　渋谷区　代々木公園

いつしか、林立するビルは、東京の墓標となった。

ブレイムの脅威は止むことがなく、もはや政府は感染者数、その死亡者数の正確な数字をあげることができなかった。ＷＨＯからは渡航禁止勧告が出され、日本から国

外に出ることも、日本国内に外国から入国することもできなくなった。

町には死者が溢れた。埋葬する場所も人も足りず、死者はまるで廃棄物のように、一箇所に集められ、埋められた。町からはほとんど悲鳴が聞こえなくなった。叫ぶだけの力を人々は失っていた。生きるというより、ただそこにある。人々は感染症の恐怖に怯えながら、ただひたすらに、時が経つのを待ち望んでいた。

代々木公園は一つの大きな墓地になった。公園の中央には巨大な穴が掘られ、その傍らには各地から収集（その回収の仕方は収容ではない。もはや収集だった）された人々の遺体が累々と並ぶ。ガスマスクをつけた自衛隊員がその処理に当たっていた。二人一組になって遺体を穴に放り込む。誰もが無言で、土色の納体袋に入れられた遺体を抱えては、ふりこのように勢いをつけてそれを投げた。納体袋につけられた、遺体の名を記したネームプレートが中空でカチカチ音を立てた。遺体は穴の底に積み重なる。作業に当たる者は誰もが心を閉じていた。できるだけ無機質に、何も考えずに体を動かした。そうして作業を続け、物体の数が少し減ったかと思うと次のトラックが新たな物体を積み込んでやってくる。その度にドサドサと、いっさいの抵抗をやめた肉の塊が埋められにやってくる。

それを見る目もまた無機質だった。

――２０１１年2月　東京都いずみ野市　いずみ野市立病院

小林栄子は市立病院の医局にいた。栄子を取り囲むように病院のスタッフたちが集まっている。誰もが悲しげに微笑んでいた。栄子もそうだ。その頬には微笑みを浮かべ、目は微かな悲しみをたたえていた。松岡剛だけは微笑みもせず、じっと栄子を見つめている。

「みなさん……。ありがとう」

「ウイルスが発見されても、今のところ、治療法は対症療法しかありません。でも、決して希望を捨てないでください。いっしょに闘ってきて確信しています。皆さんならこの難局を乗り切れる。そう信じています」

栄子を取り囲むスタッフの数人がコクコクと肯く。目尻を拭っている者もいる。その中には真鍋麻美の姿もあった。ブレイムから回復し退院した麻美は、感染者の手助けをしたいと願い出て市立病院で雑務の補佐に当たっていた。当人の願いだ。麻美も栄子を見つめている。栄子の目と麻美の目が一瞬の間合わさった。

「長野では……、わたしもがんばってきます。感染症に苦しむ人々の助けになるように、できる限りがんばってくるつもりです」

厚労省より小林栄子の担当地区変更の要請が来たのは三日前だった。いずみ野市の状況が改善したわけではない。ただ、長野小諸（こもろ）にある臨時救護所、そこの医師が絶望的に足りなかっただけだ。専門的な知識を持つ者もいない。他のどこよりも栄子を必要としていたのだ。

看護師長の池畑実和が、看護師の三田多佳子が、鈴木蘭子が、柏村杏子が、研修医の小森が、栄子を見つめていた。誰の目も同じ輝きをたたえていた。栄子がその視線をしっかりと受け止める。

「嬉しかった。専従スタッフを選ぶとき、みんなが手を挙げてくれたとき、わたし、ほんとうに嬉しかった」

栄子が深々と頭を下げた。そのままの姿勢で言う。

「いっしょに闘ってくれて、ありがとう」

語尾はかすかに震えていた。皆の間から沸き起こる拍手も、別れの悲しみに少しだけ湿っていた。

その夜、栄子はいずみ野市立病院を出た。正面玄関を抜け、病院前の路上にとめてある軽自動車に向かおうとする。その隣には剛がいた。松岡剛が小林栄子と並んで歩く。

「どうしたの……？　ずっと黙り込んで」

剛はまともに栄子の顔を見られずにいた。自分の感情が把握できなくなっていた。

「怖いんだ」

「……え？」

栄子が立ち止まった。

「これからも何人、死んでいくのかわからない。本当のことをいうと、恐ろしい。今にも自分が考えることを止めてしまいそうで、ほんとうに怖い」

栄子がその唇に薄い笑みを浮かべた。荷物を置き、剛の手のひらを両手で包み込むように握る。握り締める。正面から剛の目をじっと見つめた。

剛は栄子の目を見つめ返した。

「……もし、世界がもとのように平和に戻ったら」

剛が言う。

「君に会いに行く」

栄子の目が剛を向いた。柔らかな視線だった。

「あのときは、そんなふうに言ってくれなかったね……」

栄子の視線が少しだけ下を向いた。小さく口を割って、呟きを漏らす。

栄子は思い出していた。七年前、理想を求めて単身イギリスに渡ろうとしていたとき、見送りに来てくれた松岡剛は空港で栄子に言った。

「それぞれの道を歩くことになるな」。栄子の答えは決まっていた。震えだしそうになる頬を無理に歪めて、笑顔をつくるよりなかったのだ。

「ええ」

呟くのは悲しかった。別れは栄子の胸を内側からぎゅっと締め付けた。

その松岡剛が目の前にいた。目を逸らさずに栄子を見つめている。

約束を、してくれた。

「……ありがとう」

栄子が腰を折って荷物を摑んだ。「……じゃあ」。呟いて歩き出す。剛は栄子の背中を見ていた。一歩、二歩と栄子の背中が遠ざかっていく。剛の口が、自分でも意識せずに開いた。はっきりとした声で呼びかけていた。

「栄子」

栄子が立ち止まる。

「無理するなよ。お前は、頑張りすぎるから」

栄子の肩が震えた。右手に握っていたバッグを地面に落とす。栄子が振り返った。顔をうつむけて走り出す。栄子が剛の胸に飛び込んできた。

上げた顔は涙に濡れていた。栄子が濡れた目で剛を見つめる。

「絶対に会いに来て。待ってるから、わたし、待ってるから」

栄子の腕が剛の背中に回った。震えている。剛は強く栄子を抱きしめた。

「約束する」

栄子の髪に顔を埋めて、剛はしっかりと言い切った。栄子の背中が嗚咽に震えている。不安なのはおれだけじゃない。寂しいのはおれだけじゃない。誰もが寂しく、不安なんだ。だから人と人は支え合うんだ。人と人は愛し合うんだ。

栄子の肩に白いものが落ちてきた。剛は強く栄子を抱きしめたまま空を見上げる。雪だった。漆黒の空に雪が舞い落ちる。栄子も空を見上げた。抱き合ったまま、二人の顔が空を向く。チラチラと舞い落ちる雪は一粒一粒がそれ自身輝いていた。今この世界に生きる人々、その一人ひとりの希望のように、小さくも確かに光っていた。

栄子が笑った。まるで無邪気な子どものように。

純白の雪粒が、栄子の頬に一粒落ちて、シュッと音を立てて消えていった。

同じとき、三田多佳子も病室の窓から雪を見ていた。感染症の患者の中にも回復に向かう者がいる。今、多佳子が看ている中年の女性がそうだった。多佳子よりずいぶん年長の女性で一時は命を危ぶまれたが、今は病状も回復に向かっている。あと数日もすれば退院できるだろう。早く家に帰って娘にオムライスを作ってやりたい、そう言うのが彼女の口癖だった。ダンナの作る料理は酷いのよ。材料をそのまま齧（かじ）ったほうがまだマシなくらい。そう言ってよく笑った。

彼女の口から体温計を取り上げ、それを眺める仕草で窓の外の雪に気づいた。舞い落ちる雪を綺麗だと思った。こんな綺麗なものがこの世にはあったんだ。多佳子はそんなことを思う。患者も多佳子と同じように、目を細めて雪を見ていた。静かな空間だった。

「雪ですね」

多佳子は呟いた。患者はただ微笑んでいる。

「ね、看護師さん。娘さんの写真、見せてよ。わたし、見たいな」

彼女の娘はもう高校生だ。それなのに、彼女は多佳子によく写真を見せてくれとせがんだ。多佳子の携帯にはほとんど毎日、英輔から写真つきのメールが送られてくる。その写真には娘の舞が写っていることが多かった。たまには英輔の手作りらしいびつな料理の写真もあった。いつだって写真の中の二人は微笑んでいた。それが多佳子をどれだけ元気付けたかわからない。

多佳子は昨日送られてきた娘の写真を患者に見せた。患者の頬がゆっくりと緩んでいく。

「いい笑顔。こうして子どもが笑っていられるなら、世界は滅んだりしないわね」

彼女が何気なく漏らした一言が胸に突き刺さった。

「未来がなくなるなら、子どもは笑ったりしないものね」

その通りだと思った。「ありがとう」。彼女が窓の外の雪を眺める。多佳子もいっしょに雪を眺めた。舞にメールを送ろうと思った。

きっと今頃、舞は雪を見てはしゃいでいるだろう。困った顔の英輔といっしょにはしゃぎまわる舞を想像して、多佳子は微笑んだ。患者さんに「また」と告げて歩き出した。歩きながらメールの文面を打ち込んでいく。娘の笑顔が浮かんだ。

『舞へ。雪が積もったら、パパと、さんにんでダルマさんをつくろうね。ママは舞が大好きだよ』

送信ボタンを押そうとした。その瞬間に、体の異変に気がついた。足がふらつく。ひどい眩暈（めまい）がする。天井が回る。視界が斜めになる。患者さんが何か叫んだような気がする。体の側面が冷たくなった。あれ？　わたしどうなったの？　彼女がベッドから降り、多佳子の顔を覗き込んでいる。あれ？　高橋さん、さっきまではあんなに笑っていたのに、どうしてそんな必死な顔をしてるの？　視界が霞んだ。

「看護師さん！　看護師さんどうしたの！」

患者の叫び声を耳に受けながら、多佳子は意識を失った。


小林栄子は一人で車を駆っていた。

国道四〇七号線を抜けて、ほとんど無人の街を走った。すれ違う車もほとんどない。時折自衛隊車両が路面を削るように大きな音を立ててすれ違った。相変わらず町は灰色だ。厚労省からの指令書を見せ、県境の検問所を抜けると車は市街に入った。

この町も荒れている。

路面の凹凸に気をつけながら、小林栄子は慎重に車を走らせた。人の姿は見えない。商店は軒並み略奪の煽りを受けていた。東京と同じだった。食料や水は自衛隊員の手によって、配給制度のもとに市民に配られている。だが、それらの物資すら略奪の対象からは逃れられなかった。配給所に向かうのはほとんどが腕力に自信のある若い男だ。それ以外の者が配給品を受け取りに向かうのはあまりにも危険だった。認知されない暴力事件がいたるところで起き、テレビやラジオはすでに通常の放送を止めていた。流れるのは機械的に繰り返される避難所・救護所の情報、配給状況の詳細等だけだった。燃料も高騰していた。ガソリンの一滴はいまや紙幣より重い。こうして自動車を走らせるだけでも、非常に大きなリスクを抱えていた。いつ暴徒に襲われるかわからない。できるだけ街中は避けたかった。

小林栄子は国道を折れ、有料道路に向かおうと思った。民家が近くにない道なら危険も少ないだろう。そう考えてのことだった。電気の供給が止まり、明滅をやめた信号機を眺めてハンドルを右に切る。その瞬間に栄子は激しくブレーキを踏み込んだ。

少女が立っていた。二車線の道路の真中、そこに小さなポーチを胸に下げた五、六歳くらいの少女が立ち尽くしていた。栄子の車は大きく傾いで路面に乗り上げて止まった。少女の顔が回って、横滑りする栄子の車を追いかける。

ドアを開け、少女に駆け寄った。「どうしたの？　あなた、何してるの？」

栄子が問いかけても少女は答えない。その目にいっぱいに涙を溜めていた。ポツポツとこぼすように言葉を吐き出す。「ママとね、パパが」。少女の衣服は汚れていた。髪もバサバサで埃まみれだった。唇が裂けて血が垂れていた。「いなくなっちゃったの」。少女の目が栄子を向いた。薄汚れた顔の中で、目だけがキラキラと白く光っていた。

「ミカを置いて、いなくなっちゃったの」

小林栄子は少女を抱き寄せた。抱きしめて車まで運んだ。少女の目を見てゆっくりと話す。

「ミカちゃんって言うのね。ミカちゃん、全部のお名前言える？」

少女は抑揚のない声で答える。

「キシモトミカ」

「パパとママのお名前は？」

「パパはキシモトユウジ。ママはキシモトミワコ」

「お家の住所、わかるかな」

少女が口にした住所はこのすぐ近くだった。同じ町内だ。

「パパとママ、いついなくなったのかな？」

少女の目が栄子をじっと見つめた。ゆっくりと唇を割って答える。

「……きのう。朝になったらね、いなかったの」

栄子は唇を結んだ。どういうことだろう。考えられるのは最悪の選択肢、娘を見捨てて逃げたということだろうか。それとも何らかの理由で外出を余儀なくされているだけ？　通信網も今では麻痺が酷い。連絡が取れずにいるだけなのかも知れない。栄子は少女を車に乗せた。後部座席から紙パックのオレンジジュースと乾パンを取り出して少女に与えた。少女はちらりと栄子を見てからオレンジジュースに吸い付いた。オレンジに染まるストローが哀れだった。

「大丈夫。パパとママ、探してあげるからね。安心しなさい」

　栄子はアクセルを踏み込んだ。少女を一人残しておくわけにはいかない。

　十数分も近辺をぐるぐると回り、ようやく歩く人の姿を見かけた。小林栄子は窓を開けて尋ねる。男の反応は薄かった。栄子の顔を一瞥し、それから後部座席の少女を見、悲しげに腕を伸ばし、奥の建物を示す。カラカラに乾いた皮膚をしていた。

「娘を置いて行ったんだろ？　それなら、たぶん区民会館だ」

　男の言葉の意味がわからなかった。それでも他にすべはなく、栄子は男の示した会館に向かった。

　冷たい風が吹き抜けていた。少女を降ろし、車から離れないように言い置いて、マスクとゴーグルを持って栄子は敷地に踏み込んだ。会館の周りは何故か鉄条網で覆われていた。栄子はそれを乗り越えて正面入り口に向かう。明かりの落ちた廊下は暗く、非常用の緑の明かりが不気味だった。

酷く静かだと思った。ほんとうにこんな場所に人がいるのか。道を尋ねた男の言葉に疑問を感じ始めたころ、体育館らしい横開きのドアの隙間から薄明かりが漏れているのに気がついた。栄子は言い様のない恐怖を覚えてマスクとゴーグルをしっかりと付け直す。ドアに手をかけた。思いがけずあっさりと、ドアが開いて室内が覗いた。

巨大な体育館の正面、バスケットボールのゴール下にいくつかのろうそくが灯(とも)っていた。その両脇に何か黒い塊。壁に沿うように人型の何かが隙間なく並んでいる。床にも黒い何かが蠢いていた。ドアを開けたせいで風の向きが変わり、ろうそくの炎が揺らめいた。床に蠢くものに一瞬の光が差す。目と鼻の凹凸が見えた。赤い白目がこちらを見ていた。栄子は息を呑んだ。人だ。大勢の人がこの体育館にひしめいている。

途端に涙が湧いてきた。恐怖だけではない。悲劇だと悟ったからだ。栄子は一瞬で理解した。さっき、道を尋ねた男が悲しげに見えた理由もわかった。ここは姥捨(うばす)て山なのだ。ブレイムに感染し、もう助からないと自らの命を見切った者が、他者に病気をうつさないように自らを隔離する場所なのだ。自分の命を捨てる場所なのだ。

腐った空気が鼻を突いた。思わず咳き込みそうになる。だが、マスクを外すわけにはいかなかった。ここの空気は淀んでいる。感染者たちの吐き出す息、吐瀉物、汚物に溢れている。悲しみが満ちている。あの子の父母もきっとこの中にいる。感染してしまい、我が子に病気をうつさないために、自ら命を捨てにここにやってきたのだ。だから少女にただの一言も残すことができなかったのだ。どこに行くと言えば少女はついて来るだろう。ついて来るなと言ったところで、少女には他に頼る者がないのだ。父母に縋るだろう。だから無言で立ち去ったのだ。少女が生き延びる、微かな可能性をゼロにしないために。

ゴーグルを涙が濡らした。立ち尽くすことしかできない。何という悲劇かと思う。死ぬことでしか他者を救えないなんて。自分が死ぬことで愛を示すしかないなんて。こんな悲劇があっていいものか。悲しみを超えて怒りが沸き立つ。何に怒ればいいのかわからないが、天に向かって大声で叫びたいと思った。世界を統べる何か大きな者に対して、バカヤロウと叫びたいと思った。

「ママぁ？」

聞こえてきたのは少女の声だった。栄子は目を剥いて振り返る。少女がここまでやってきていた。開け放したドアの明かりにつられたのだろう。少女が不安げな目を泳がせて、少しずつこちらに近づいてくる。少女の歩みは遅いが止まらない。「ママぁ。そこにいるのぉ」。涙交じりの声が近づく。

雷に打たれたかのように、栄子は硬直した。一瞬で様々な思いが頭を巡った。

――この子、マスクもゴーグルもしていない。

――この子はまだ感染してない。

――この子の両親は、この子を守るために自ら死を選んだ。それが無駄になる。

――ミカちゃんを止めなきゃ。

――ママを見つけたらこの子は駆け出すだろう。止められない。

――死なせてはだめ。

「来ちゃだめ！」

声を限りに叫んだ。少女が体をビクリと震わせる。「ママぁ？」。少女の声。ドアの向こうで連続したうめき声が上がる。栄子は唇を嚙んだ。

……ヨウコ？　カスミぃ……。チカぁ。

子どもの名が呼ばれる。耳を塞ぎたかった。頭を抱えて蹲りたかった。

「ミカ」

少女の名が聞こえた。少女が顔を上げる。大きく目を見開いて、目いっぱいに涙を浮かべて駆け出そうとする。何もかもを振り払って母のもとへ、その小さな体のすべてをかけて母のもとへ走ろうとする。栄子の腕が伸びる。少女を摑もうとする。

「あああー」

栄子の腕に捉えられた少女は、内臓をえぐるような叫び声を上げた。栄子の手を振り払おうとする。とても子どもとは思えない力で両親に近づこうと足掻く。あと数メートルの距離。この感染症は飛沫感染、または空気感染だ。さっき、わたしがドアを開けて風を起こした。埃が舞った。だから、ここの空気はブレイムのウイルスをたっぷりと含んでいるはずだ。可能性は高い。少女は叫びながら真っ赤な口を開いている。その喉の奥まではっきりと見える。長い長い叫びだった。叫び終えた少女が一呼吸、たった一呼吸を吸い込んだら――。

「ママ！　パパぁ！」

少女の叫びと同時に、栄子はマスクを剝ぎ取った。そのマスクを少女の口に押しつける。少女の喉がぐっと鳴った。「ママぁ」。叫ぶ声がくぐもった。

少女の涙が栄子の裸の手の甲を濡らした。栄子はそのまま少女をぎゅっと抱きしめる。

「あなたは生きるの。生きなきゃダメ。ママが好きなんでしょ？　パパが好きなんでしょ？　だったら生きなきゃダメ。あなたのパパとママは自分の命をしぼり尽くしてもあなたを生かした。あなたはパパとママの命なの。あなたが死んだら、パパとママも死ぬ。あなたは生きなさい」

　少女は狂乱状態でわけのわからない喚き声を上げている。栄子は少女の肩を右手でしっかりと摑んだ。左手で少女がマスクを外さないように、それをしっかりと押さえつけた。

「わたしを見なさい。見ろ！」

　少女の見開かれた目が栄子を向く。

「大丈夫。あなたは強い。大丈夫」

　毒に満ちた空気のなか、栄子はマスクなしで微笑んだ。ブルブルと震える少女の手を取り、自分の頰に触れさせる。

「わかる？　温かいでしょ？　わたしは生きてる。あなたも生きてるの」

　少女の目がじっと栄子を見つめる。

「だから、死んじゃいけないの」

　再びギュッと少女を抱きしめた。肩を上下に揺らしていた少女の呼吸が少しずつ落ち着いていく。栄子は少女に微笑みを見せる。両親の気持ちを伝えたかった。ほんとうは両親が見せていたはずの笑顔を、この少女に見せてやりたかった。

「生きるの。それが、あなたのパパとママの願いよ」

栄子の脳裏に、ジュネーブに待たせているクロアチアの少年が浮かんだ。

——ごめんね。ママは、あなたに嘘をついた。

少女の体温を感じた。あたたかいと思った。


少女を最寄の救護所に搬送すると、栄子は深く息をついた。運転席のシートに体を埋めて、ゆっくりと指先で自分の唇をなぞる。湿っていた。指の動きを薄い皮膚越しにしっかりと感じる。生きてる。

——そうだ。わたしは生きてる。

ハンドルを握った。エンジンをかける。

——わたしは生きてる。だから、行かなきゃいけない。

ちらつき始めた雪が、荒廃した町の景色を白く染めていく。栄子は運転を続けながら、窓から閑散とした町を眺めた。ダッシュボードから静かにマスクを取り出す。N95型のマスク。ウイルスを遮断するマスクだ。

感染を恐れての行為ではない。感染させないための行為だった。

「面会は……、面会はできないんでしょうか？」

病院から「三田多佳子がブレイムに感染した」という報を受け、三田英輔は必死の思いで受話器に向かって声を張り上げていた。英輔の自宅のマンションの一室だった。受話器を握る英輔の後ろには娘の舞がいて、携帯電話を握りしめ、不安そうな表情で窓の外を眺めている。

「何とか、何とか会えないですか？」

悲痛に満ちた英輔の声に被さるように、娘の沈みかけた声が響いた。

「ママにお手紙書いてぇ」

英輔は受話器を置いた。言葉でいくら頼んでも無駄だ。直接会いに行こうと思った。何も知らずに無垢な瞳で自分を見つめる舞を抱きしめた。舞が苦しそうに体をねじらせる。

「パパ、お手紙書くの」

英輔は泣いていた。泣いたまま笑顔を作って、「うん」と微笑む。

「あのね、ママ、舞ははじめて雪を見ました。ママも見ていますか。雪は白くてきれいです」

唇を噛んで堪えながら、英輔は舞の言葉を携帯電話に打ち込んだ。無理に笑顔を作って言う。

「舞、ママに会いに行こう」

――2011年2月　早朝　長野県小諸市　小諸中学校

小林栄子は、自分の口元を拭ったガーゼをビニール袋に詰め、その口をきつく縛った。冬の空がずいぶんと高かった。口の中の鉄の味が薄れるまで、リクライニングに背を凭れさせ、額に腕をあてて運転席から空を見続けた。

――やはり、感染していた。

栄子の脳裏にさまざまな顔が浮かんだ。市立病院のスタッフたち、クロアチアに残してきた少年、道中で出会った少女――。もう会えなくなる。そう思うと悲しかった。

――松岡くん。

剛の顔が浮かんだ。栄子は、剛との約束に気力を奮い立たせる。わたしはまだ死んでいない。生きてるんだ。

降り積もった雪の中、臨時の医療機関とされた中学校に栄子は降り立った。

小諸中学校。何でもない、どこにでもある公立の中学校、それが小諸市の臨時病院になっていた。校庭にはいくつものテントが張られ、自衛隊員が炊き出しを校内に運んで行く。その湯気が白く、同じように白い雪空に消えていった。

栄子のエンジン音を聞きつけて、体育館から白衣の人々が駆け出してきた。栄子は車を降り、マスクを肌に密着させた。医療スタッフを代表し、館林淳也医師が、笑顔といっしょに栄子に右手を差し出した。

「小林先生、お待ちしておりました。よろしくお願いします」

栄子は館林の握手を拒否した。人の好さそうな顔をした館林が、その眉を一瞬だけ顰める。

「申し訳ありません。わたし、ブレイムに感染したみたいです」

驚きの声が上がった。栄子は構わずに歩き出す。一秒の時間が惜しかった。栄子の視線の行き先は体育館だ。血と汚物に汚れた毛布が見える。今や、公的な建造物は、そのほとんどが感染症対策の医療機関となっていた。ここから見るだけでわかる。ここも東京と同じ。苦しんでいる患者が大勢いる。

館林医師が短い息を漏らした。慌てて栄子について歩き始める。

「発症して間もないので、まだ感染はしません。重篤患者の担当にしてください」

「は？」

館林が素っ頓狂な声を上げた。

「しかし」

「最後まで医者でいたいんです」

栄子は歩き続けた。振り返る気にはなれなかった。一瞬だけ松岡剛の顔が思い浮かんだ。松岡くんに「来て」と言った。彼はわたしに会いにくるだろう。だが、そのとき果たしてわたしは——。

医療スタッフたちは声を失って立ち尽くしていた。

体育館に踏み込み、栄子はマスクを外す。体育館の奥、仕切られた体育準備室が重篤患者の収容スペースになっているようだ。死を待つ患者たちが苦しみに喘いでいる。

——わたしには、まだ出来ることがある。

栄子の歩みは止まない。その歩みは凜として鋭い。

12

——２０１１年2月　新潟県長岡市　三島上条近く

雪の中を本橋研一は歩く。背中には大きなリュック。人影はない。

神倉茜と連絡が途絶えてから数週間が経っていた。いずみ野市から家族とともに脱出を試みたとき、携帯電話の向こうで茜は泣いていた。あれから、ラジオのニュースで神倉章介が自殺したことを知った。茜は一人きりになってしまったのだ。茜の声が研一の耳に蘇る。誰一人頼る人もおらず、崩壊した東京で、茜はいったいどうしているのだろう。あれから何度も携帯に電話をした。一度として繋がらなかった。神倉家の固定電話にもかけてみた。見知らぬ男が出て、研一は畳み掛けるように男に質問したが、男は研一の質問に何一つ答えることなく、あっさりと受話器を落とした。茜とは音信不通になっていた。

雪を踏んで歩きながら、「茜はもう死んでしまったのではないか」、掻き消しても掻き消してもその思いが研一の頭から離れずにいた。そう思う度に、喉を掻き毟りたくなるほどの焦燥感と罪悪感に駆られた。今、本橋研一を動かしているのは恋人に対する恋慕ではなく、ほとんど使命感にも似た感情だった。

昨夜、研一は新潟の祖母の家を一人で抜け出した。茜に会いに行くためだ。ようやく心を決めた。父にだけそのことを話した。母や祖母、幼い妹に余計な心配をさせたくはなかったからだ。

研一が決意を伝えると、父は無言で研一を見つめた。そのまま十分ほども父と子は見つめあった。やがて父は立ち上がり、研一のために何本か電話を入れた。自衛官として新潟に駐屯している研一の従兄弟が捉まった。

今、研一は、従兄弟の用意したジープに乗り込むため雪道を歩いている。従兄弟は佐々木修平といった。研一より五つ年上の二十歳の男だ。

研一の目をパッシングの光が瞬かせた。白い雪原に深緑の一台のジープ。黄色味を帯びた光がまっすぐに研一を照らす。顔の前に手を翳して眺めれば、そこに懐かしい顔が立っていた。「研一ぃ」。研一に向かい、大きく手を振っている。

「兄ちゃん」

二年前、高校卒業と同時に自衛隊に入ったときと、従兄弟は同じ笑顔を浮かべていた。

「時間、ないんだろ？　乗れよ」

車が走り出してもしばらくは無言だった。何を話せばいいのかわからない。話したいことはいくらでもあるのに、そのどれもが話そうとすると喉に詰まった。修平が助手席の研一に言う。

「東京の彼女に会いに行くんだって？」

研一は答えられなかった。どうして神倉茜を置いて逃げてきたのか、この数週間、何度も自問しては悔いてきた。家族が生き残るために新潟に行くのだ。だから仕方がない。長男として父と母を支えなきゃいけない。だから仕方がない。妹だってまだ小さい。だから仕方がない。考えることすべてが、自分を納得させるための言い訳だった。煩悶(はんもん)の日々が続いた。結局のところ、自分は神倉から逃げたのだ。結論はいつもそこに至った。

「おれ……、ほんとは神倉に会いにいく資格なんかないのかも知れない」

うつむいたまま呟いた。修平の目が動き研一を捉える。研一の声は小刻みに震えていた。

「おれ……、神倉との約束を守らなかった。いっしょにドリームワールドに行くって言ったんだ。約束したんだ。それなのに、おれ、『行けなくなった』って……。神倉、泣いてた」

話し出したら止まらなかった。

「もう神倉、死んでるかも知れない。東京に行ったら、それがはっきりわかるかも知れない。嫌だ。怖いよ。兄ちゃん、おれ、怖いよ」

研一は助手席でボロボロと涙をこぼした。修平の左手が伸びて、研一の頭をポンポンと叩く。

「それでもいい。行ってやれよ」

修平が呟いた。

「おれはさ、おれは彼女に会えなかった。ブレイムに感染したって連絡を受けたとき、おれ任務中でさ。ようやく帰ったら、もうマキは死んでた。後悔したよ。何もかもうっちゃって帰ればよかったって思った」

涙を溜めたまま研一が修平を見上げる。

「だから、お前の気持ちはわかるつもりだ」

しばらく無言の時が流れた。研一のしゃくり上げる音だけが車内に響く。

「なあ、研一、おれな、災害派遣でいろんなところ回ってるだろ？　いろんな光景を見るんだ。酷い事が多くてさ、人間の嫌なところばっかり見せ付けられたりする。けど、時々はさ、『ああ、人間って強いな。捨てたもんじゃないな』って思うことがあるんだ」

修平は微笑みながら続ける。

「おれさ、こないだ救援物資の配給場の警備にあたったんだ。お前、救援物資の配給場って見たことあるか？　あれ、すごいぞ。人間の内側、ぜんぶがさらけ出される」

そう言うと、修平は軽い声を上げて笑った。

「すごく大勢の人間がいてさ、みんな目の色を変えて物資に群がるんだ。隣の人間を弾き飛ばすことなんか何とも思ってない感じで、乱闘が起きて何人も大怪我した。死んだ人もたくさんいたな。ちっぽけな乾パンのためにさ」

ジープは雪を撥ね除けて走る。カーブに差し掛かり水を切る音が響いた。

「おれ、物資に群がるやつらを見ていて思ったんだ。人間ってこういうもんなのかなって。自衛隊に入って、おれが守ろうとしてきたものって、こういうものなのかなって。思わず人混みに向けて小銃撃ち込んでやりたくなったよ」

再び軽い笑い声。ワイパーが雪を掻き分け、ぽっかりと黒い窓が浮かんだ。

「その、津波みたいな群衆の中にさ、小さな子どもがいたんだ。まだ三、四歳くらいかな。行列から押し出されて地面に転がってた。あいつらみんな夢中だからさ、その子ども、爪先で頭を蹴られたり手足を踏まれたりして、全身ボコボコだったな。おれが見つけたときには、もう血まみれに近かった」

「子ども……？」

「ああ。おれ、持ち場を離れて駆け寄ったよ。死んじまうって思ったから。止まろうとしない群集に銃を向けてさ、無理矢理行列をせき止めてその子を抱き起こそうとした。そしたらさ、その子ども、目から血を流しててさ、ブレイムに感染してやがんの」

　自虐的に修平が笑う。喉の奥から搾り出すような笑い声だった。

「おれ……、手が止まっちまった。隊から支給された簡易マスクなんか当てにできない。そのマスクをしてたのに何人も仲間が感染してたからな。おれ、その子と目を合わせたまま、動けなくなっちまった。すっげえ怖かったんだ」

「…………」

「何秒くらい固まってたかな。おれ、行列の中に、うちの母ちゃんくらいの年の女の人を見つけた。その人が、おれとその子どもをじっと見てるのな」

　ジープの明かりがフロントガラス越しに雪原を照らし出す。白かった。

「おれ、はっきり覚えてるよ。その女の人な、あんな状況のなかで、にっこり笑ったんだ。おれと子どもに向かって、はっきりと微笑んだんだ。その女の人、マスクもゴーグルもつけてなかった。子どもの目の前にかがみ込んでさ、ニッコリ笑ってからぎゅって抱きしめてた。ブラウスが血と泥で汚れるのに、すげえやさしく抱きしめてたんだ」

　研一はただ、語る従兄弟の顔を見つめていた。

「おれに、『近くに病院はあるかしら』って聞いてきた。おれ、もう声も出せなくて、その人をじっと見つめながら、行列の流れとは反対方向を指差したよ。救護所はまるっきり反対方向なんだ。自分でもおかしいくらい、指先がブルブル震えてた。その女の人、子どもをおぶって歩き出したよ。人波とは反対方向にだ。おれ、そこでようやく気がついて、その女の人に言ったんだ。『感染しますよ』『その子、助かりませんよ』って」

そしたらさ、修平が呟く。

「その人、笑ったんだ。おれを見て微笑んだ。おれ、ようやくわかったよ。その女の人、下血してた。歩くたびに地面に血が滴ってた。その人も感染してたんだ。それで、おれの代わりを買って出た」

修平は黒いフロントガラスを見つめる。静かな声で語る。

「おれ、馬鹿みたいに口開けてその背中を眺めてたよ。何やってんだろおれ、何が起こってるんだろ、そんなことしか考えられなかった。頭ん中、いっぱいいっぱいでさ」

「……その女の人、どうなったの」

「人波を掻き分けていくらか進んだところで、いよいよ倒れそうになった。そしたらさ、行列からまた別の人が出てくるんだ。今度は中年の男だったな。その女の人からまるでタスキをつなぐみたいに、当たり前みたいに子どもを受け取ってさ、今度はそのおっさんが子どもを背負って歩き出した」

　修平は軽く唇を嚙んでいる。その口から声が漏れ出た。

「だんだん、人が増えていくんだ。子どもを背負った男の両脇を別の感染者が支える。男が倒れたら、まだ歩ける別のやつが子どもを背負うって感じで」

「…………」

「きっと……、それでもあの子は助からなかったと思う。だけど……。やっぱりおれは、あの人たちの行動は、無意味じゃないと思うんだ」

　修平が研一を見た。研一の目をしっかりと見つめた。

「おれな、研一。お前がその茜って子に会いに行くの、無駄だとは思わないよ。たしかにもう遅いかも知れない。その子がまだ生きてるって保証はどこにもない。それに、お前が行ったところで、その子のために何一つしてやれることなんてないのかも知れない。けどさ、お前が行けば、その子、お前に会えるだろ？　その子の声を聞いてやれるだろ？　それってゼロじゃないよな。おれ、人が生きるってことは、そういうことだと思うんだ。死ぬのが無意味なように、生きることにも意味なんかない。だけど、その無意味なものに、意味を与えることがさ、〝生きる〟ってことなんじゃないかな」


いずみ野市の検問所が近づくと、修平は路肩にジープを止めて研一に告げた。

「ここから先は車じゃ無理だ。研一、お前、走れるか」

リュックを担ぎながら研一は振り返って尋ねる。

「兄ちゃんは？」

「おれはここに残るよ。今のこの国じゃ、どこに居たって人の為に命を使える。無駄死にする心配はないしな」

言って笑う。「行け。その茜って子に、よろしくな」

背中を軽く押された。研一は雪の路上に降りる。そのまま振り返らずに駆け出した。

――２０１１年２月　東京都いずみ野市

遊園地は白かった。降り積もった雪が荒廃した園内を隠し、それは一瞬目を奪われるほどに純白で美しかった。

本橋研一は園内に入る。一歩歩くごとにサクサクと足の下で雪が鳴った。人が踏み入った跡は見つからなかった。雪の上に足跡もない。それでも研一は確信していた。ここに神倉はいる。

約束を守らなきゃ。

研一は歩く。ジェットコースターのレールが、遥か昔に滅びた巨大な爬虫類の骨のように見えた。真っ赤な券売機が半ば雪に埋もれていた。メリーゴーラウンドがあった。横から吹き付けるのか、白馬の背にも雪が乗っていた。研一はメリーゴーラウンドに沿って歩く。赤い布が見えた。

メリーゴーラウンドの軒下に、神倉茜は蹲っていた。

いつのまにか、メリーゴーラウンドの軒下に来ていた。神倉茜は顔を空に向けて、火照った頬に雪を受ける。

どうしてここにやってきたのか自分でもよくわからなかった。ただ、気がついたらここに座り込んでいた。研一に会いたかったのだろうかと思う。けれど、研一は茜を置いて新潟に行ってしまった。もうあの約束はないのだ。ここにはやってこない。そうわかっているのに、茜にはもうこれしかなかった。父を失い生活も壊れた。ここ数日、自分が何を食べ、どうやって時を過ごしてきたのかもよくわからない。ただ、ひたすらに体が熱かった。雪の上に腰を下ろし、神倉茜は湿った咳をした。赤いしぶきが足元の雪に落ちる。

声が聞こえた。

「神倉！　神倉ぁ！」

幻かと思った。朦朧（もうろう）とした意識の中で、神さまが最後に研ちゃんに会わせてくれたんだ、と思った。茜は閉じかけた目を開いて研一を見る。

「……研ちゃん？」

「しっかりしろ神倉。おれ、来たよ。お前のところ、来たよ」

研一の顔がすぐ近くにあった。涙を浮かべている。研一の手が茜の両頬を包む。

「だめ……。病気うつる。近づいちゃだめ。研ちゃんまで病気になっちゃったら、わたし、もう生きてたって意味ない……」

研一が泣きながら笑った。その頬を涙が伝う。「待ってろ神倉。今救急車呼ぶから」。研一が携帯電話を取り出し、どこかに電話している。その顔が歪んでいく。機械音声が小さくもれ聞こえた。「たいへんお待たせしております。そのまましばらくお待ちください」。研一が茜に向き直って笑顔をつくった。「大丈夫。直接病院に電話してみるから」

茜に背中を向けてダイヤルする。

「急患なんです。ブレイムの感染者で、今にも死にそうなんです。助けてください」

切羽詰まった研一の声が、熱に浮かされた茜の耳に微かに届いた。

剛はＩＣＵで三田多佳子の治療にあたっていた。発症初期だというのに多佳子の病状は重い。体調の不調を押して職務に当たっていたのだろう。心拍も弱く、自発呼吸も危うい。

剛は多佳子に気管内挿管を行っていた。意識のない多佳子の喉がくっと鳴る。

「先生！　血圧60以下に下がってます」

補佐にあたっている池畑実和が額に汗を浮かべ叫んだ。

「ドパミン10ガンマまで増やして！」

剛は声を荒げた。看護師の鈴木蘭子がＩＣＵに駆け込んでくる。必死で多佳子の治療にあたっている剛に背中から大声で語りかけた。

「松岡先生、今、急患の通報が入っています。けど、消防の救急車は埋まっていてすぐには回せないそうです。どうしますか？」

「患者の容態は？」

「通報者の話では、すでに出血も見られるようですし、かなり危険な状態だと思います」

「病院の救急車を回すまでどれくらいかかる？」

「一時間ほど」

「間に合わない。その電話、ここにつなげますか？」

多佳子の治療を続けながら、剛は鈴木蘭子の運んできたハンディフォンをつけた。

鈴木蘭子がスイッチを切り替える。途端に耳元で雑音が響いた。

「君、名前は？」

若い男の声が震えながら呟いた。

「本橋、研一です」

「患者の名と年齢は？」

「茜、神倉茜、十五歳です」

「神倉？　まさか、神倉養鶏場の神倉茜？」

「そうです！　養鶏場の、神倉です」

少年の声が力を得た。「知ってるんですか？」

知りすぎるほどに知っている。父を失い、剛たちに「人殺し」と言い捨てて病院を飛び出した少女だ。激務の合間をぬって、剛は何度も養鶏場に足を運んだ。だが、神倉茜がどこに行ったのか、どこで何をしているのか、まるで手がかりは掴めなかった。探し続けていた神倉茜だ。ようやく見つけた。

「君は家族？」

「いえ……、あの」

少年は口ごもる。

「友達？」

少しの間があった。

「恋人です」

「そうか。いいかい、これから君に、神倉さんを病院に運べるよう、応急手当をしてもらう。いいね、これからぼくが言うとおりに処置するんだ」

電話の向こうで少年が絶句するのがわかった。「ぼくが……、ですか」

「そうだ」

剛の返答は早い。「ドリームワールドだったね。救急車がそこに向かうまで一時間ほどかかる。そのまま放置しておけば彼女は死ぬ。君の目の前で、死んでいくことになる」

少年が喉を詰まらせた。返事が返ってこない。

剛は多佳子の治療を続けながら叫ぶように言った。

「恋人なんだろう？　彼女を救ってみせろ」

「はい！」

今度は返事が返ってきた。剛は池畑実和に向き直る。マイクを摑んで音声を遮断する。「心電図は」

「やや頻拍です」

「キシロカイン、用意して」

手を開いてマイクを解放する。

「よし。研一くん。まずは解熱だ。高熱で脳をやられてはまずい。彼女の頭を冷やせ」

「え？　……どうやって？」

「バカヤロウ！　頭を使え、工夫しろ！　彼女を生かしたいんだろ？　雪を使え」

受信機から衣擦れの音が聞こえる。荒い息遣いも聞こえてきた。剛は多佳子のバイタルサインを確認しながら祈りにも似た思いでいた。がんばれ、がんばってくれ。本橋研一も神倉茜も、三田多佳子も誰もが生きようと足掻いている。この足掻きを無駄にしてはいけない。

「先生！　先生、神倉が震えだした。ガクガクいってます。なんだこれ、押さえられない！」

「痙攣だ。肩を押さえつけろ。布を彼女の口に突っ込め。衣服を緩めろ」

研一の動転した声が響く。「神倉……！　神倉、死んじゃダメだ！　死ぬな！」

一瞬声が遠くなった。

「早くやれ！　舌を嚙み切るぞ！」

防護服の中で、剛の額から汗が垂れる。「マフラー、神倉の口に入れました」。研一の声が震える。「服も？」。「呼吸しやすくするためだ。やれ！」。研一の声が遠のく。

「やりました」

「よし！　いいな、本橋研一。神倉茜はお前が助けるんだ。がんばれ。ぜったいに大丈夫だ。がんばれ」

「はい」

剛は池畑実和に指示を出す。「経皮ペーシングを。鎮痛剤用意して」

三田多佳子を見た。仰臥（ぎょうが）している多佳子の右手がベッドからはみ出している。その手に携帯電話が握られていた。携帯の画面が緑色に光る。メールの着信を知らせる振動に、多佳子の動かない腕がかすかに震えた。

――同日夜　東京都いずみ野市　いずみ野市立病院前　守衛室近くの路上

三田英輔は、娘の舞の手を引いて、市立病院の前までやってきていた。雪はまだ降り続けている。舞の赤いマフラーに白い雪の欠片(かけら)が張り付いていた。舞の頬が赤い。手袋に包まれた小さな手で携帯電話をぎゅっと握りしめて、明かりのついた病室の窓をじっと見つめている。英輔は守衛室の窓口で守衛と掛け合っていた。

「患者の家族なんです。もう、ずーっと会ってないんです。あいつ、今ひとりで闘ってるんです。お願いです。どうか中に入れてください！」

英輔の必死の訴えにも、守衛は難しい顔をなかなか崩さなかった。同じような訴えを何度も受けているのだ。各人の事情を配慮する余裕など今の市立病院にはない。守衛の対応もわからなくはなかった。守衛が英輔を見る。英輔はその目を見つめ返した。必死だった。ただ多佳子に会いたかった。守衛が路面に立つ舞に目を向ける。じっと舞を見つめる。舞は、英輔と同じ目をして病室を見上げていた。

守衛の手が内線の電話に向かって伸びた。

「病院に聞いてみますよ……」

英輔は顔をほころばせた。病室を見つめていた舞がこちらを振り向く。

「パパ、ママからお返事、ぜんぜん来ないよ」

舞の手の中の携帯電話は光らない。


病室で剛は叫んでいた。

「あきらめるな！　死ぬな！　生きてくれ！　生きろ！　ちくしょう生きろ！」

多佳子の胸を開き除細動器のパドルを押し付けた。「２００ジュール！　離れて！」

多佳子の体が跳ね上がる。剛は心電図モニタを見る。波形は返らない。

「生理食塩水で点滴ルートを！　それから静脈路確保！　確保後にアドレナリン1ミリ投与。生理食塩水は20ミリリットルで後押し」

実和が走る。補佐の看護師がやってきた。

「初回除細動から二分経過です」

「脈と波形は？」

「脈触れません」

「もう一度除細動！」

再び多佳子の体が跳ね上がった。その振動で多佳子の手から携帯電話が滑り落ちる。剛は目の端でそれを捉えた。チカチカとメール着信を知らせるライトが明滅している。多佳子の心拍は戻らない。池畑実和が剛を見ている。剛は唇を噛んだまま動くことができなかった。実和が多佳子に向き直る。動かなくなった多佳子の顔をじっと見つめる。

剛は腰を折り、床に転がった携帯電話を拾い上げた。〝舞〟とあった。多佳子の娘からのメールだった。携帯の画面に書きかけのメールが残っていた。多佳子が娘にあてて書いた未送信のメールが緑色に光っている。それを見て、剛の顔がくっと歪んだ。

「舞、もうすぐだからな。もうすぐママに会えるからな」

雪の中、病室を見上げる舞の肩を抱きながら、英輔は自分に言い聞かせるようにして言った。守衛さんが病院に連絡してくれた。何とか多佳子に会うことができるかもしれない。不安そうな目で舞はじっと英輔を見ている。守衛室から守衛が顔を出して英輔を呼んだ。

意気込んで向かおうとした英輔の袖を、舞の小さな手が摑んだ。

「パパ……、舞、もう、ママには会えないの？」

その小さな呟きに、英輔は顔をくしゃくしゃにした。舞の頭を撫でる。

「きっと大丈夫だ。ママは看護師さんなんだから。病気をやっつける人なんだから」

守衛は英輔に受話器を渡した。その顔が強張っている。英輔が受話器を握ると守衛は顔を逸らした。背中を向けてこちらを見ようとしない。

受話器から聞こえてきたのは、三田多佳子の訃報だった。

「ママからだ！　パパ、ママからお返事きたよ！」

守衛室で立ち尽くす英輔の背中に、娘のはしゃいだ声が届いた。雪の中、舞が携帯電話を振り上げて、無邪気な声をあげて飛び跳ねている。

英輔は守衛室を飛び出した。娘のもとへ駆け寄る。舞が嬉しそうに顔をほころばせて携帯電話を英輔に見せた。英輔はそれを覗き込む。

『舞へ。雪が積もったら、パパと、さんにんでダルマさんをつくろうね。ママは舞が大好きだよ』

メールを読み、溢れる涙を堪えきれなかった。英輔は雪の路上に膝を折った。涙をボタボタと落として娘の肩を抱いた。舞はそんな英輔を不思議そうに見ている。

英輔は涙に濡れた顔を上げて病室を向いた。病室が明るかった。涙が止まらなかった。

――同日夜　東京都いずみ野市　いずみ野市立病院前　ＩＣＵ

救急隊員の手によって、神倉茜が市立病院に搬送されてきた。茜に付き添ってきた本橋研一がいっしょに病室に入ろうとする。入り口で隊員に引き止められた。松岡剛は連絡を受けて緊急外来口に向かった。外来玄関で立ちすくんでいる研一に向かって言う。

「よくがんばったな。君は彼女を生かした」

本橋研一が呟く。

「先生……、神倉を、神倉を助けてください。でないと、おれ……」

「信じろ」

言い残し、剛はストレッチャーに続いてＩＣＵに入った。神倉茜の呼吸は短く速い。

第４章

後パンデミック期（リカバリ期）
パンデミック間期への回帰

1

――2011年2月　日本

東京は、死の街という形容が相応しかった。

感染の恐怖は人々から行動の活力を奪った。人は怯え、部屋にこもり、人をおそれ、心を閉ざした。街が死ぬと、人の心も連鎖して死んでいった。生きている者はことごとく苦悩していた。あまりにも身近になった〝死〟は、もはや食事や洗濯と変わらない日常だった。死を受け止める心は麻痺し、命はとてつもなく軽かった。

小諸中学校の体育館にも、辛うじて生にしがみついている人々がいた。

老女は治療を拒む。目から流れる血の涙で、皺の一つひとつを赤く染めながら、医師の治療を頑なに拒んでいた。触れようとすると、痩せた腕を振って医師の手を撥ね除ける。「ほっといてくれ」。そう呟いて背中を丸める。症状は重く、助かる見込みはほとんどない。老女は今にも死のうとしていた。

老女は絶望していた。長年連れ添ってきた伴侶も死んだ。孫も死んだ。息子とは連絡が取れない。たまに回診にくる医者は、まるで汚いものでも見るようにビニールの手袋をして肌に触れる。

何もかもが嫌だった。こうして心を塞いだまま、誰にも惜しまれずに死ぬことだけが最後の望みだった。老女は猫のように背中を丸め、体育館の隅で死のうとする。誰にも顔を見られたくなかった。人間が嫌いになっていた。

その老女の手にしっとりと湿った柔らかな手のひらが触れた。老女はもう目が見えない。手のひらの温もりが、老女に人肌を思い出させた。老女の乾いた手を二つの手のひらが包み込む。いたわるように手のひらが老女の手をさする。手を握られているだけなのに、不思議と体中を抱かれているような気がした。

小林栄子はマスクをしていなかった。手袋もゴーグルも身に付けていない。もう動くことのない老女の手を、裸の手のひらでゆっくりとさすり続ける。口元にほんの少しの笑みを浮かべて。

薬剤も点滴も足りない。ベッドも足りず、重篤な患者以外は災害避難時のようにビニールシートに雑魚寝していた。医師も足りない。医師たちは助かる見込みのある患者に付きっ切りになっていた。栄子は重篤患者を選んだ。感染した人間が何を思い、何を見つめるようになるのか、それが栄子にはわかる。患者たちは人の心に飢え、世元に戻す。

栄子の手の中で、老女が事切れた。栄子は両手を添え、静かに老女の手を彼女の胸を嘆いている。

こうして日に何人もの患者が死んでいく。誰にも看取られず、大勢の患者のなかにありながら孤独に死んでいく者も多かった。薬も足りず、手も足りず、満足な治療などできない。注げるのは愛だけだった。栄子はほとんど一日中を患者とともに過ごした。点滴の輸液も切れ、医師たちはスポーツドリンクを患者の口に運ぶ。自ら嚥下することもできなくなった患者には布に飲料を含ませて与えた。患者のなかにはもはや何の反応も示さない者もいた。それでも栄子は分け隔てなく看護に当たる。栄子が手当てしているのは心だった。

「希望を捨てないでね……。いっしょにがんばりましょう」

栄子が匙で与えた飲料を、感染者の中年女性が目を細めてすする。飲み込んで息をついた。赤い目が栄子を向く。栄子は微笑む。栄子の目もまた赤かった。

「先生。わたし、死にとうない。生きたい」

患者が絶え絶えの声で呟いた。栄子は微笑んだまま患者の頭を優しく抱きしめた。肌と肌が触れると生きているのが伝わる。患者の心に人のぬくもりが伝わる。

患者が深い安堵の息を吐いた。それと同時に、栄子はその体を大きく傾がせた。患者の首から栄子の腕が離れ、踊るように空を舞って投げ出される。栄子の体が横倒しに床に転がる。患者の切れ切れの叫び声が響いた。

「せん、せぇ。せんせぇ」

患者は見た。小林栄子は、倒れ、床に転がるその瞬間まで、確かに微笑んでいた。

――同日　東京都いずみ野市　いずみ野市立病院前　ＩＣＵ

茜の病状は悪化していた。意識は戻らず、痛覚を刺激してもほとんど反応がなかった。瞳孔反射も怪しい。ドリームワールドで本橋研一が行った応急処置は正しかった。だが、状況は予断を許さない。剛の判断では三対七だった。持ちこたえるか、死ぬか、だ。

「……さっきの男の子を、本橋研一を呼んできてください」

剛は神倉茜のバイタルサインを見ると、看護師の柏村杏子に向かってそう言った。

柏村看護師が訝しげに眉を顰める。「先生、それって」

「このまま、孤独に死ぬようなことは、させたくないんです」

剛はじっと茜を見下ろしている。柏村看護師は剛の意図を察して病室を出て行った。神倉茜は額にびっしりと冷たい汗を浮かべている。

——この子も死ぬのか。

酷く冷静な自分がいて、心のなかでそう呟いた。剛は自分のその思いに打ちひしがれる。

——この子の父親も死んだ。三田多佳子も死んだ。安藤先生も、仁志先生も死んだ。真鍋秀俊の死から先、数え切れないほどの死が剛の上を通り過ぎていった。死が頭上を通り過ぎようとしたとき、剛はその度に命をつなぎとめようと必死で手を伸ばした。だが、摑めそうに思った命も結局は剛の手の中をすり抜けていった。みな死ぬ。死は自在に空を舞って、無作為に人々を襲う。

「神倉！　神倉ぁ！」

喧騒とともに、防護服を着込んだ本橋研一が病室に飛び込んできた。柏村看護師が慌てて研一の後についてくる。

「死ぬな！　死ぬな神倉！　生きろ！」

病室に研一の叫びがこだました。神倉茜の枕元で、顔をぐしゃぐしゃにして研一が叫ぶ。茜の肩を揺さぶろうとする。剛に止められて、強く瞬きながら研一が振り返った。剛を見た。

「先生、先生、神倉を助けて。死なせたくない。おれ、茜に会えなくなるの、いやだ」

　必死の訴えだった。研一に防護服を摑まれて、剛の体がガクガクと揺れる。

「おれ、まだ茜との約束果たしてないんだ。いっしょに遊園地に行こうって、メリーゴーラウンドに乗ろうって……。まだやってないことがたくさんある。行ってない場所もたくさん」

　研一の目から涙が溢れる。剛は目を見開いて研一を見ている。

「神倉が死んだら、おれ、抜け殻になる。未来が空っぽになる。これからは、神倉といっしょに過ごすって決めたんだ。これからはおれたち二人で生きようって、そう思って」

　剛は研一の言葉に胸を打たれた。——未来。久しく忘れていた。この子たちは必死に生きようとしている。それは未来があるからだ。少年は必死で叫んでいる。それはこの二人がつながっているからだ。

　逃げてはいけない。唐突にそう思った。これから先を生きる者たちのためにおれにできることは何だ。懸命に治療し、希望をつなぐことだ。この子たちの生きる、未来を守ることだ。

投げ出すわけにはいかない。剛は決意した。全力でこの少女を助ける。未来を守る。

茜に覆いかぶさるようにしている研一を腕でどかした。

「ボスミンだ！　急いで！」

柏村看護師が「はい！」と応じて走り出す。突き飛ばされた研一が隣のベッドに寄りかかった格好で、驚きの表情で剛を見ている。

剛は神倉茜の治療を続けながら叫ぶように言った。

「絶対に助ける！　死なせない！　だから信じろ！　神倉茜を信じろ！」

研一が息を呑む。起き上がり、神倉茜の枕元にしゃがみ込んだ。茜の手を取る。

「がんばれ！　神倉、がんばれ！」

剛はモニターを確認した。心室細動の兆候が見られた。柏村看護師に除細動器の準備を頼もうと口を開きかけた瞬間、ＩＣＵに看護師長の池畑実和が飛び込んできた。息を切らせながら言う。

「松岡先生！　長野の小諸からテレビ電話が入ってます」

「手が離せない！」

池畑実和は脇に抱えていたノート型のパソコンを開いた。画面が明るくなる。

「ここにつなぎます」

「ドパミン。早く！」「先生」「10ガンマだ。急いで！」「松岡先生！」「がんばれ、頼むがんばれ。死ぬな！」「小林先生です！」

剛は振り返った。画面を向く。その目が見開かれる。

小林栄子がベッドに横たわっていた。画面の中で、栄子が力なく笑う。

「松岡くん。わたし、格好悪い姿見せちゃってるね」

言葉が出てこなかった。

「わたし、感染しちゃった」

画面の中、呼吸器をつけた栄子が目を細めていた。

「栄子……」

「これからね、わたしの体を使って、ある治療法をやってもらうの。もしそれがうまくいったら、市立病院でも採用して……」

「栄子、何言って……」

栄子が微かに微笑んだ。

「昔、アフリカでのエボラ治療のときにね、あまりに死亡率が高くて、もうどうしようもなくなって、エボラから治癒した人間の血液を患者に輸血したことがあるの。回復者の血液中の抗体の効果を期待しての行為よ。科学的に証明された治療法じゃないし、ヨーロッパの医師たちはみんな反対した」

小林栄子はそこで息をついた。苦しそうに息を整え、言葉をつなぐ。

「でも、ザイールの医師たちは強行したの。もう打つ手がない。だけど、どうしても仲間を助けたい。そんな思いで行われた行為なの。八人のうち、五人が助かった……」

栄子がしっかりと剛を向いた。剛の目を見て、剛に笑いかけた。

「わたしね、最後の手段で、それに賭(か)けてみようと思うの」

「最後なんて、最後なんて言うな！」

「……薬やワクチンで挑むんじゃなくて、人と人が血でつながってなんとかしようっていうんだもの。ウイルスも許してくれるんじゃないかな。笑って言うんじゃない？『今回は見逃すか』って……」

最後にもう一度微笑みを浮かべて、栄子は口を閉じた。剛は画面のなかの栄子から目が離せなくなっていた。自然と肩が震えていた。

「それだけ……、それを言うためだけに電話してきたのか」

栄子が微かに首をこちらに向けた。湿った声がパソコンのマイクを震わせて響く。

「松岡くん……、このあいだの約束は、忘れて」

回線が切れた。暗い画面を見つめたまま、剛は動けなかった。茜を看ていた池畑実和が呟く。「先生……！　患者さんが」

剛は振り返った。茜を見た。一瞬だけ沈黙する。頭の中を様々な思いが巡った。不可能――？　いや、可能性はゼロじゃない。過去に例がない。未承認――。鈴木浩介の鼻にかかった声が聞こえる。「あのさ、後悔しない？」。小林栄子が細い声でささやく。「人と人が血でつながって何とかしようっていうんだもの」。池畑実和が剛の肩を揺する。「血圧が下がってきています。松岡先生！」

「……ブレイムからの回復者で、この子と血液型が合う人を探してください」

最後に聞こえたのは栄子の声だった。「助けたいの」。彼女の祈りの声だった。

「でも、先生――」

「急いで！」

剛の剣幕に池畑実和が体を震わせた。そのまま振り返り病室を飛び出していく。

――助けたい。

願いはそれだけだった。剛と栄子の思いは一つだ。

「高山先生！　今だったら助かるかも知れないんです。お願いします。責任ならぼくが取ります。やらせてください！」

高山医師は眉を顰めて剛を見る。剛の強い目が高山医師を見つめている。高山医師が短く舌を鳴らした。

「未承認の医療行為を行うと言うんだろう？　君ごときがどうやって責任を取る」

そんなことは百も承知で頼んでいるのだ。剛は唇を噛んだ。うつむいて肩を震わせる。高山医師の声が剛の頭上に降り注ぐ。

「私の首くらいは必要だ。責任は私が取る」

剛は顔を上げた。高山医師がまっすぐに剛を見ている。

「何をしている！　早く行け。やりなさい」

剛は深々と頭を下げた。そのまま振り返って駆け出す。

「高山先生……。ありがとうございます」

「麻美さん。あなたの血液をいただきたいの」

池畑実和は額に汗を浮かべたまま真鍋麻美にそう頼んだ。麻美はこの病院でブレイムから回復した最初の患者だ。麻美の血液にはブレイムに対する抗体ができている可能性がある。小林栄子はそれに賭けてみようと言うのだ。

「わたしの血が誰かの役に立つのなら、それだけで嬉しいです」

麻美は躊躇いもなく腕を差し出す。その顔には微笑みが浮かんでいる。

「麻美さん……、ありがとう」


「がんばれ……、神倉、がんばれ！」

研一の声が響く中、真鍋麻美から採取された血液が茜に輸血されていく。チューブを伝わり、赤い液体が茜の体内に注がれるさまを剛はじっと見ていた。慎重にモニタリングを続けている。

「大丈夫。安定している」

研一が茜の額の汗を拭う。みな、闘っている。

――同刻　長野県小諸市　小諸中学校

同じころ、小諸の小林栄子もまた、輸血を受けていた。回復者から採取した血液を輸血され、栄子の容態も落ち着いているようだった。館林医師はほっと安堵の息をもらす。小林栄子が「回復者の血液を直接輸血する」と言い出したときは驚いた。まったく未承認の治療法で、何が起こるかまるで分からなかったからだ。

——それにしても。

館林医師はベッドの上の小林栄子を眺める。整った美しい顔。それでいて慈愛に満ちた表情。こうして見ると小林栄子は「母」に見えた。自分の母に面影が似ているわけではない。ただ漠然と、〝母だ〟と感じた。何とも強い、鋼のような女性。どんな酷い症状の患者にも臆せず、自らの死の恐怖すら乗り越えて微笑み続ける。この数日、いっしょに仕事をしてわかった。この顔は生を育む者の顔だ。命を見守り、次に生をつなぐ母の顔だ。

閉じられた小林栄子の目尻に涙が湧いた。館林医師は「おや？」と思う。頰を涙が伝った。その涙が赤い。血の涙だ。

「小林先生！」

館林医師は叫んだ。大声で医療スタッフを呼び集める。

小林栄子の容態が急変した。〝母〟の心臓が今にも消え入りそうに、切れ切れの拍を刻む。

――同刻　東京都いずみ野市　いずみ野市立病院前　ＩＣＵ

「ＶＦです！」

池畑実和が叫んだ。剛はパドルにワセリンを塗り、神倉茜の胸を開いてそれを押し付ける。「放電します。離れて！」

茜の小さな体が電気ショックの衝撃で、ベッドの上で跳ね上がった。研一が短い叫び声を上げる。「神倉！　神倉ぁ！」

「脈拍は？」

「心室細動です。脈触れません」

「もう一度！　本橋くん、離れろ！」

背中を棒で突かれたように、茜の胸が跳ね上がった。「どうだ？」

「触れません」

「ボスミン！　注射だ！　あきらめるな！」

剛が叫んだ。池畑実和が肯く。

「死ぬな！」

――同刻　長野県小諸市　小諸中学校

「小林先生が危篤です！」

館林医師はほとんど我を失って叫んでいた。小林栄子の整った顔からみるみる血の気が失せていく。何度も見てきた光景なのに、その光景がショックだった。人が死のうとしている。命が今にも燃え尽きようとしている。他の医師が応援に駆けつけたとき、館林はほとんど泣いていた。命が失われようとする瞬間とはこんなにも心を締め付けるものだったか。人の命とはこんなにも重いものだったか。小林栄子の顔を見て思いを新たにした。助けたいと思った。そしてそう思うのは、崖から落ちようとする人に手を差し伸べるくらいに、人として当たり前の気持ちなのだと今になって気づいた。医師だから助けたいんじゃない。人だから、助けたいんだ。

「除細動器、こちらに運んでください。死なせちゃいけない。何とかして、助けなきゃいけない」

――同刻　東京都いずみ野市　いずみ野市立病院　ICU

「もう一度！　離れて！」

三度目の電気ショックだった。茜の胸には通電の痕が痛々しく残る。剛はモニタを見た。池畑実和も同時にモニタに注目する。茜の拍動を示す緑色の線が、短い電子音といっしょにひとつ大きく跳ねた。続いて上下に波形が記録されはじめる。池畑実和がぽっかりと口を開いた。崩れ落ちそうになり、ベッドのパイプを摑んで体を支える。

「脈拍、回復しました。血圧も出ています。信じられない……。安定に向かっています」

剛も驚きを隠せなかった。ただただ必死だっただけだ。必死に生かそうと思っただけだ。

茜の胸が規則的に上下している。心電図の波形もほとんど乱れていない。乗り越えた――。病室内にほっとした空気が広がった。

「神倉！」

研一が涙交じりの声で叫んだ。「神倉！　よかった！　よかった！」

研一が茜の手を両手で包んで握り締める。顔中が涙で濡れていた。茜の容態を確認すると、剛は背を向けて歩き出した。早足がすぐに駆け足になった。乱暴にＩＣＵのドアを開いて廊下に飛び出す。そのまま通路を駆け抜けた。

ＩＣＵに残る鈴木蘭子には、遠ざかる靴音が微かに聞こえた。

呟く。

「どうか……、先生が間に合いますように。小林先生に、会えますように」

病院の車に乗り込んで、剛は国道を走る。気が急いていた。小林栄子が小諸で待っている。栄子は「約束は忘れて」と言った。剛は拳でハンドルを叩き呟く。

「忘れてたまるか」

雪道を走った。タイヤが滑りそうになる。それでもスピードを緩める気にはなれなかった。

「おれは会いにいくよ。栄子に、必ず会いに行く」

剛の頭の中で栄子が微笑んだ。その顔があまりにも清らかで、あまりにも儚くて、剛は栄子を思って涙ぐんだ。栄子は言った。「正直言うと、変わらない君を見て、ちょっと安心もした」

そう言って笑っていた。

「栄子……。おれ、変わった。あのときは会いにいけなかったけど、いまは違う。こうやって、君に会いに行ってるんだから……。おれ、変わったよ」

——長野県小諸市　小諸中学校

転げるように教室に飛び込んだ。防護服を着た数人の医師が、一斉に剛を振り返った。その医師たちの中心に栄子がいた。栄子がベッドに横たわっている。剛は駆け寄る。栄子の顔を見る。栄子の頬に触れる。顔を近づける。呼吸を感じない。防護服越しにも温かい。けど、栄子の息にゴーグルが曇らない。

「たった今、心臓が——」

そう言う医師を剛は撥ね除けた。ベッドに乗りあげるようにして栄子の心臓を圧迫する。体中の力をこめてマッサージを続けた。「栄子！　……栄子！」。スタッフたちが無言で剛を見ている。剛はマッサージを続けながら、ただひたすらに言葉をかけ続けた。「栄子！　目を覚ませ！　あの子は助かった。聞こえるか？　ブレイムに感染したあの子は、お前の治療法のおかげで助かったんだ！　栄子！」

閉じられていた栄子の目蓋が、ほんの少しだけ開いた気がした。室内の照明を受けて栄子の瞳が小さく輝く。医療スタッフたちから驚きの声があがった。剛は栄子を見つめた。栄子の目が薄く開く。その目が剛に向かう。

微笑んだ。

「栄子……！」

栄子の手がゆっくりと上がっていく。松岡剛の防護服のフェイスシールドに触れた。爪があたってコツリと硬質の音が響いた。微笑んだまま栄子が呟く。かすれた声が剛に聞こえる。

「この顔が……、好きだった」

栄子の指先が、剛のフェイスシールドに触れていた。剛は留め具に手を伸ばした。シールドを外そうと思った。栄子に触れようと思った。口づけようと思った。病気がなんだ。ブレイムがなんだ。栄子に触れたかった。剛の指が留め具に触れる。栄子の手が、その指先をやさしく包み込んだ。

「だめ……。脱いだら、許さないから……」

呟き終えた栄子の指が、剛のシールドを滑って、ベッドの上にぽたりと落ちた。心電図のモニタが連続音を響かせる。栄子の心臓が止まった。栄子の命が、ついえた。

「おお」

喉の奥から熱いものがこみ上げてきた。涙ではなかった。ただひたすらに熱かった。吐き出すにはあまりにも大きすぎて、その塊は剛の体を灼熱にたぎらせる。「おお」。天を仰いだ。唸るような声が溢れ出てくる。泣き喚きたい？　いや、ちがう。泣きたくはない叫びたい。この身が四方に弾け飛ぶほど、ありったけの力をこめて叫びたかった。

「おおおおお！」

栄子のベッドに腕をついて、剛は叫んだ。体中を震わせて、その場にいた者すべての心を震わせて、松岡剛は叫んだ。小林栄子を愛していた。

「おおおおお！」

どんなに大きな声を出しても、胸の中は空っぽだった。

——長野県小諸市　小諸中学校　周辺

教室を出て、防護服を脱ぎ捨てた。ひたすらに叫んだ。何を叫んだのかもわからない。ただ、大声を出していないと自分が壊れてしまいそうだった。いつの間にか学校を出ていた。雪道をひたすら歩いていた。喉を掻き毟って大声を出した。走った。転んだ。起き上がってまた走った。雪に濡れた白衣が冷たかった。青い空に白い雲が浮かんでいた。畑のあぜ道を歩いていた。足を踏み外した。凍った地面で膝を傷つけた。スラックスに血が滲んだ。叫んだ。わからなくなっていた。

　どれだけ歩いただろう。剛の目の前に、広い雪原がひらけた。見渡す限りが白かった。緩やかな起伏をもったすべてが白い世界。空は青く、その対比は世界の終焉を思わせた。何もない世界。誰もいない世界。ただ真っ白な空間が広がるだけで、自分すら見失ってしまう崩壊した世界。剛は今自分がそこにいると思った。世界は終わった。病気は治まらない。栄子は死んだ。もう帰ってこない。人々は死んだ。もういっしょには笑えない。世界は病んだ。治す術は見つからない。

　目印のない世界に立ち尽くし、剛は自分がぐるぐると揺れていると思った。心が弾け飛びそうだった。砕けそうだと思った。目の端に黒い、長いものが見えた。白い雪原に一本の幹。葉を落とした一本の木が、白一面の雪原を破って空に向かって伸びていた。枝が見えた。何本もの枝が四方に広がり、白い空間に目印を与えていた。剛の目はその一本の木に引き付けられる。吸い寄せられるようだった。何もない空間に一本の木。そこに行くよりないと思った。何もないところにあるたった一つの塊。拠り所となるその一本の木は希望だ。崩壊した世界に一本の目印。目印があれば人が集まる。人が集まれば町ができる。町ができれば人が増える。人が増えれば世界が生まれる。たった一本のその木から、新しい世界が生まれることだってある。

それは希望だろう。

——彼女とはじめて会ったとき、剛は医学部生、小林栄子は医学部専門課程の助手を務めていた。

それは医学部の大教室だった。とても広い教室。そこに教授に連れられて小林栄子が入ってきた。

教授が壇上に立ち、小林栄子を紹介する。学生だった剛は彼女に目を奪われた。ただとても率直に、綺麗（きれい）だと思った。顔が綺麗。立ち居振る舞いが綺麗。それだけではなかった。もっと違う何か、小林栄子の持つ揺るぎない何かが剛を惹（ひ）き付けた。とてもまっすぐな目。研ぎ澄まされた刀剣のような美しさを感じた。

となりの席の友人が剛の脇を肘（ひじ）でつついた。剛は笑いながら質問する。

「小林先生。小林先生は、どうして医者になられたんですか」

何ということのない質問だった。紹介を受ければ誰でも発する質問の一つ。質問した剛自身も軽い気持ちでいた。軽く笑みを浮かべながら栄子の返事を待つ。

栄子の口が少しだけ開き、空気を呑み込んで語りだした。

「わたしが高校生のときでした。中学生の弟がいて、彼は悪性の脳腫瘍(のうしゅよう)でずっと入院していました」

顔に貼(は)り付けたままの笑みが凍りついた。剛は表情を変えて栄子を見る。栄子はまっすぐに前を向いていた。

「彼が亡くなる前日、彼はわたしにこう言いました。『お姉ちゃん。医者になってくれ。医者になって、ぼくみたいな病気の人に、明日があるって言ってやってくれ』と」

栄子は滔々(とうとう)と続けた。

「弟は希望を求めていた。医者は希望をつくる職業です。だからわたしは医者になりました」

剛は栄子の視線に射すくめられていた。

「すみませんでした。不躾(ぶしつけ)な質問を……」

小さく呟くと、小林栄子が笑った。小さくなっている剛に優しい微笑みを向けた。

「弟が好きだった言葉があります」

剛はきょとんとした顔をして栄子を見つめる。栄子が大きく息を吸い込んだ。

「たとえ明日、地球が滅びるとも」

栄子の声が高らかに響いた。学生たちは驚いていっせいに栄子を向く。

「今日、君はりんごの樹を植える」

言い終えて笑った。朗らかな笑顔だった。

「〝希望〟は、人の手でつくれます。みなさん、これから一年間、よろしくお願いします」


その一本の木に触れながら、剛は涙を落とした。とめどなく流れた。

「なんで忘れてたんだよ、おれ」

剛は手のひらで幹に触れた。冷たいザラザラとした幹が生きていた。こんな寒空の中、すべての葉を落としても、来年また新しい命をつむぐためにここにある。命をつなぐ木。それは命の木だった。

りんごの木が、ここに生きてる。

「栄子……、栄子……、君は、りんごの木、植えたよ」

2

――東京都いずみ野市　いずみ野市立病院　講堂

高山医師はホワイトボードを眺めていた。小林栄子の書き残した文字がそこにある。

~~『それは何か？』~~

~~『それは何をするのか？』~~

~~『それはどこから来たのか？』~~

『それをどう殺すのか？』

高山はペンを取り、残りの一つに一息に線を引いた。ブレイムの感染者、それも重態に陥っていた神倉茜が危機を脱した。小林栄子が伝えてきた治療法が功をなしたのだ。我々は無力ではなくなった。ブレイムという病気と闘い、勝利する術を手に入れた。

「治療法を自分の体で試すなんて、狂気の沙汰(さた)だ」

高山はホワイトボードをじっと見る。ボードの前に立ってスタッフたちに指示を出す栄子の姿が浮かんだ。その姿に被(かぶ)さるように、大勢の人々の顔が浮かんでは消えていく。

嵐のような五十日だった。大勢の人間が死んだ。最初の感染者である真鍋秀俊、安藤医師、仁志教授、三田多佳子。誰もが最後まで病気と闘った。人として死んで行った。生き残ったスタッフたちも必死に闘った。いつ終わるともわからない恐怖と闘い、みなで希望をつむぎ出してきた。

――小林栄子。

彼女は立派だ。立派な人間だ。

高山はホワイトボードに向かって深々と頭を下げていた。腰を九十度に折って、いつまでもじっと頭を下げ続けた。

――半年の後、ワクチンが完成した。

２０１１年7月12日　日本。

感染者約３９５０万人　死亡者約１１２０万人。

人という〝種〟を脅かした感染症、ブレイムは終焉に向かった。

栄子が君に伝えたかった言葉を、伝えます。

3

ジュネーブの公園で、少年はエアメールを太陽の光に透かしている。日本から手紙が届いた。

少年はペリペリと封を開く。ママからもこうして何度か手紙が届いた。日本という国をぼくは知らないが、ママは美しい国だと言う。歴史のある建造物も、四季に移ろう色とりどりの景色も。そして、そこに暮らす人の心も。

だって、ママが生まれ、そして死んでいった国だもの。

暖かな日射(ひざ)しのなか、少年は手紙を裏返す。黒いペンで差出人の名が書かれている。
T. MATSUOKA
ママの最期を看取った、ママの恋人の名前だった。

栄子が命を懸けた治療法は、日本中の多くの患者たちを救いました。

神倉茜は自転車の荷台に横を向いて座り、さわやかな風に吹かれている。頬を抜ける夏の風が心地いい。胸いっぱいに空気を吸い込むと研一のにおいがした。くすりと笑うと、研一が不思議そうに振り返って言う。

「なに？」

「何でもない」

「なんだよ」

「なんでもないって」

研一の背中に腕を回す。研一が何も言わずに頬を緩める。自転車はなめらかに坂を下っていく。

「ねえ、研ちゃん」

「ん」

「大好きだよ」

研一は振り向かない。

「ん」

だけど、確証がないから、あの治療法は今も研究中だそうです。けれど、栄子のあの治療法が多くの人の命をつなぎとめたのは事実です。

鈴木浩介は完成したワクチンを手に写真を眺めている。

「早苗、こんどはおれ、お前を死なせなかったよな」

浩介が笑う。ゆっくりと目を細めながら。

栄子の言葉はぼくにとっても支えです。ぼくは今、日本の北海道という場所にある診療所で働いています。その街には医者がおらず、みんなが困っていました。だから、ぼくはそこに行くことに決めました。

真鍋麻美は小さな鉢植えに水をやっている。小さな緑色の芽が、双葉を開いて土のおもりを撥ね除けようとしている。麻美は微笑みを浮かべながらそれを見ている。じっと見ている。

栄子は君に、そしてぼくたちに、この言葉を残しました。

たとえ明日、地球が滅びるとも、今日、君はりんごの樹を植える。

時をも忘れさせる「楽しい」小説が読みたい！

第11回 小学館文庫小説賞 募集

【応募規定】

〈募集対象〉 ストーリー性豊かなエンターテインメント作品。プロ・アマは問いません。ジャンルは不問、自作未発表の小説（日本語で書かれたもの）に限ります。

〈原稿枚数〉 A4サイズの用紙に40字×40行（縦組み）で印字し、75枚（120,000字）から200枚（320,000字）まで。

〈原稿規格〉 必ず原稿には表紙を付け、題名、住所、氏名（筆名）、年齢、性別、職業、略歴、電話番号、メールアドレス（有れば）を明記して、右肩を紐あるいはクリップで綴じ、ページをナンバリングしてください。また表紙の次ページに800字程度の「梗概」を付けてください。なお手書き原稿の作品に関しては選考対象外となります。

〈締め切り〉 2009年9月30日（当日消印有効）

〈原稿宛先〉 〒101-8001 東京都千代田区一ツ橋2-3-1 小学館 出版局「小学館文庫小説賞」係

〈選考方法〉 小学館「文庫・文芸」編集部および編集長が選考にあたります。

〈当選発表〉 2010年5月刊の小学館文庫巻末ページで発表します。賞金は100万円（税込み）です。

〈出版権他〉 受賞作の出版権は小学館に帰属し、出版に際しては既定の印税が支払われます。また雑誌掲載権、Web上の掲載権及び二次的利用権（映像化、コミック化、ゲーム化など）も小学館に帰属します。

〈注意事項〉 二重投稿は失格とします。応募原稿の返却はいたしません。また選考に関する問い合わせには応じられません。

*応募原稿にご記入いただいた個人情報は、「小学館文庫小説賞」の選考及び結果のご連絡の目的のみで使用し、あらかじめ本人の同意なく第三者に開示することはありません。

第1回受賞作
「感染」
仙川 環

第6回受賞作
「あなたへ」
河崎愛美

第9回受賞作
「千の花になって」
斉木香津

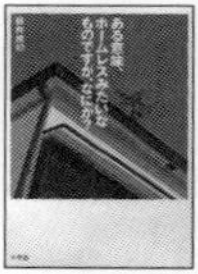
第9回優秀賞
「ある意味、ホームレスみたいなものですが、なにか?」
藤井建司

——本書のプロフィール——

本書は映画「感染列島」（脚本・監督／瀬々敬久）の脚本を原案に書き下ろされた小説作品です。

感染列島（かんせんれっとう） 映画（えいが）ノベライズ版（ばん）

著者 涌井（わくい） 学（まなぶ）

二〇〇八年十二月十日 初版第一刷発行
二〇〇九年一月二十日 第三刷発行

発行人――飯沼年昭
編集人――稲垣伸寿
発行所――株式会社 小学館
〒一〇一-八〇〇一
東京都千代田区一ツ橋二-三-一
電話 編集〇三-三二三〇-五一二三
販売〇三-五二八一-三五五五
印刷所――中央精版印刷株式会社

小学館文庫

Printed in Japan ISBN978-4-09-408328-6